세 글자로 불리는 사람

세 글자로 불리는 사람

L'HOMME AUX TROIS LETTRES

마지막 왕국 XI
Dernier royaume XI

PASCAL QUIGNARD

파스칼 키냐르
송의경 옮김

문학과지성사

세 글자로 불리는 사람

제1판 제1쇄 2023년 7월 17일

지은이   파스칼 키냐르
옮긴이   송의경
펴낸이   이광호
주간   이근혜
편집   김은주 정미용
펴낸곳   ㈜**문학과지성사**
등록번호   제1993-000098호
주소   04034 서울 마포구 잔다리로7길 18(서교동 377-20)
전화   02) 338-7224
팩스   02) 323-4180(편집) / 02) 338-7221(영업)
전자우편   moonji@moonji.com
홈페이지   www.moonji.com

ISBN 978-89-320-4159-9 03860

차례

일러두기

1. 이 책은 Pascal Quignard의 *L'Homme aux trois lettres*(Paris : Éditions Grasset & Fasquelle, 2020)를 우리말로 옮긴 것이다.
2. 본문의 주는 모두 옮긴이가 단 것이다.
3. 원서에서 강조하기 위해 이탤릭체로 표기한 것은 고딕체로, 대문자로 표기한 것은 진하게 옮겨 썼다.
4. 외래어 표기는 국립국어원 외래어 표기법을 따랐으나, 관습적으로 굳은 표기는 그대로 허용했다.

제1장

지상 낙원으로의 여행

나는 책을 좋아한다. 책의 세계가 좋다. 어느 책에서나 형
성되어 떠오르며 퍼지는 구름 속에 있는 게 좋다. 계속 책을
읽는 게 좋다. 책의 가벼운 무게와 부피가 손바닥에 느껴지
면 흥분된다. 책의 침묵 속에서, 시선 아래 펼쳐지는 긴 문장
속에서 늙어가는 게 좋다. 책이란 세상에서 동떨어졌으나 세
상에 면한, 그럼에도 전혀 개입할 수 없는 놀라운 기슭이다.
오직 책을 읽는 사람에게만 들리는 고독한 노래이다. 책 외
적인 것의 부재, 떠들썩한 소리며 탄식이나 함성의 전적인
부재, 인간의 모음 발성 및 군상에서 최대한의 격리, 그리하
여 책은 세상이 출현하기도 전에 이미 시작된 심오한 음악을
허락하여 불러들인다. 실재하는 음악은 기보되는 즉시 아마
도 이 깊은 음악을 대체하게 된다. *Amo litteras*. 나는 문자를

좋아한다. 작가들 문체의 소리 없는 음악을 더욱 좋아한다. 모든 문체는 저마다 놀라운, 특별한, 내밀한, 감동적인, 비교 불가능한 알몸과 흡사하다. 가령 이런 것들이다. 샹티이[1]를 에워싼 연못과 샘이 가득한 숲속을 흐르는 네르발[2]의 물과 무한히 퍼진 투명한 빛. 샤토브리앙[3]의 만灣, 그리고 생말로[4]의 거외 반도 같은 작은 섬과 해조류가 끝없이 펼쳐진 랑스강[5] 하구까지 되밀려 오는 물결이 검은 화강암 암석에 부딪혀 끊임없이 철썩이는 요란한 파도 소리. 몽테뉴의 기마 여행. 그는 내란과 종교 분쟁으로 그칠 새 없는 전쟁이 한창일 때 스위스와 이탈리아에서 바싹 메말라 먼지가 풀풀 날리고 지린내마저 풍기는 꾸불꾸불한 길을 말을 타고 가다가 자기 성의 탑 부근에서 돌연 낙마했다. 프롱드의 난[6]의 전사들이 쏘아대는 화승총 소리가 파리의 좁은 골목길들 양쪽 벽에 부딪히

---

1) Chantilly: 우아즈주의 도시. 파리에서 북쪽 40킬로미터에 위치한다.
2) Gérard de Nerval(1808~1855): 프랑스의 시인, 소설가.
3) Francois-René de Chateaubriand(1768~1848): 프랑스의 작가, 정치가, 외교관이며 역사가.
4) Saint-Malo: 프랑스 북서부 브르타뉴 지방의 항구도시.
5) La Rance: 프랑스 북서부의 강.
6) 1648~1653년에 걸쳐 일어난 프랑스의 내란. 섭정 모후 안 도트리슈와 재상 마자랭을 중심으로 한 궁정파에 대항하여 일어났다. 최후의 귀족의 저항이자 최초의 시민혁명의 시도로 평가된다.

는 소리, 커다란 통, 술통, 돌을 채운 나무통들을 쌓아 만든
바리케이드; 쉰 목소리로 부르짖는 거친 함성, 끔찍한 울부짖
음, 라로슈푸코[7] 거리에서 참수되는 자들의 비명 소리와 뒤섞
여 들리는 난폭한 메아리. 수아송,[8] 빌레르코트레,[9] 라페르테
밀롱[10]을 에워싼 숲과 구릉에 있는 라퐁텐의 울타리와 외호外濠,
떡갈나무, 동물들, 인물들, 새들. 루소의 눈 덮인 정상의 숭고
한 알프스산맥.

*

잭 런던[11]의 경이로운 소설 첫머리에 등장하는 크로크 블
랑[12]은 몸이 축축하게 젖은 사랑스럽고 아주 작은 새끼 늑대

---

7) 파리 9구역의 거리 이름.
8) Soissons: 프랑스 피카르디 엔주의 도시. 파리 동쪽으로 100킬로미터 떨어
   진 엔강에 위치한다.
9) Villers-Cotterêts: 프랑스 중북부 엔주 남서부의 도시. 파리 북동쪽 80킬로
   미터에 있다.
10) La Ferté-Milon: 프랑스 북부 오드프랑스Hauts-de-France의 도시.
11) Jack London(1876~1916): 미국의 소설가. 주로 '모험'과 '야생의 자연'을
    주제로 120여 편의 작품을 남겼다.

이다. 갓 태어난 녀석이다. 사실 태어나면서 "빛을 보았다"[13]
고 말할 수는 없다. 어미 늑대가 동굴 깊숙한 곳에서 새끼를
낳았기 때문이다. 크로크 블랑은 어미가 없을 때 몹시 캄캄
한 동굴 안에서 조금씩 주변을 탐색한다. 아주 조그만 새끼
늑대는 동굴 깊숙한 곳에서 갑자기 어슴푸레한 빛에 잠긴 하
얀 네모 같은 것을 보게 된다. 새끼 늑내는 이 '빛의 벽'으로
나아간다. '빛의 벽'이 열린다는 것을 알지 못한다. 빛의 네모
난 페이지가 세상의 아름다움으로 나가게 해주리라는 것을
알지 못한다. 빛의 벽면이 실은 통과할 수 있는 빈 공간이며,
지금까지 자신이 굶주림과 격리 상태에서 살았던 몹시 비좁
고 어두운 주머니 같은 굴과는 전혀 다른 왕국에 이르는 길을
열어주는 공간임을 알게 되면서 그는 흥분한다. 조심스럽게
빛의 사각형에 앞발을 내민다.

빛의 벽이 열린다.

*

책이 열린다.

12) Croc-Blanc: 미국 작가 잭 런던이 1906년에 발표한 소설 『화이트 팽*White Fang*』에 나오는 야생 개와 늑대 사이에서 태어난 새끼 늑대이다.
13) 'voir le jour(빛을 보다)'는 '태어나다'의 의미로 쓰이는 관용어구이다.

독서는 삶을 향한 통로를, 삶이 지나는 통로를, 출생과 더불어 생겨나는 느닷없는 빛을 더 넓게 확장한다.

독서는 자연을 발견하고, 탐색하고, 희끄무레한 대기에서 경험이 솟아오르게 한다. 마치 우리가 태어나듯이.

*

코덱스[14] 책은 두 지면으로 열린다. 그것은 모퉁이다. 그 공간에 우리는 얼굴을 들이밀고, 시선이 잠기게 한다.

방 안에서는 그것이 구석이나 후미진 곳, 귀퉁이, 혹은 속을 넣어 누빈 대형 등받이나 두 개가 포개진 커다란 베개이다. 독서하는 사람의 몸을 받쳐주고, 격리시키고, 틀어박히게 하고, 느긋하게 만들고, 내맡기게 하고, 침잠시키는 것들이다.

독자가 몸을 웅크리고 앉은 벽의 모퉁이와 독자의 시선 아래 펼쳐진 두 지면으로 이루어진 모퉁이는 하나의 세계를 구성한다.

그것은 우리가 살고 있는 세계와는 '다른 세계'를 소리 없이 얻게 되는 틈새이다.

14) 나무나 얇은 금속판을 끈이나 금속으로 묶어 현대식 책과 비슷하게 제본했던 제작 방식. 코덱스 책은 로마의 발명품으로 두루마리를 대체했으며, 유라시아 문화에서 책의 형태로 나온 최초의 것이다.

영혼이 이 틈새로 파고든다.

*

"성령은 바위들의 틈새에 살고 있다." 도미니코회[15]의 사제
인 자크 드 보라진[16]은 이 구절을 "바위들의 틈새는 우리 주
예수 그리스도의 상처"라고 해설했다. 『황금 성인전 *La légende
dorée*』의 저자인 그는 효험이 있는, 팽창하는, 격렬한, 전격적
힘과 접촉하려면 신들의 상처와 여신들의 동굴 틈새로 손을
밀어 넣어야 한다고 말한다. 틈새란 창세기에서 힘의 열매였
던 것이 공간에서 힘의 이미지로 바뀐 것이다.

*

푸생[17]의 작품인 바쿠스제를 나타낸 두 점의 대형 화폭이
눈앞에 펼쳐지자 르베르냉[18]은 이렇게 탄성을 질렀다. "Che

---

15) 13세기 초 설립된 가톨릭교회 소속의 탁발 수도회.
16) Jacques de Voragine(?1228/1230~1298): 라틴어명은 Jacobus de Voragine.
   중세 이탈리아의 연대기 작가, 제노바의 대주교.
17) Nicola Poussin(1594~1665): 프랑스의 화가.
18) Gian Lorenzo Bernini(1598~1680): Le Bernin 혹은 Cavalier Bernin이라고

silenzio!(엄청난 침묵이로다!)"

화폭의 침묵은 자신의 침묵을 책의 침묵에 보태기도 한다.

그런데 조용히 책을 읽는 누군가를 바라보기에는 겹쳐지는 특별한 두 침묵— 하나는 이미지의 세계에서, 다른 하나는 상징의 세계에서 침묵이 일깨우는 욕망의 내부 자체로 끌어들이는 기이한 평화—보다 더욱 매혹적인 무엇이 있다.

성 아우구스티누스[19]는 성당의 내진內陣[20]에서 입술조차 전혀 달싹이지 않으며 독서삼매에 빠진 성 암브로시우스[21]를 바라보며 감탄을 금치 못했다.

이곳은 밀라노다. 시市의 행정처에서 수사학 교수직을 공모했다. 아우구스티누스는 아직 기독교인이 되기 전이고 서른 살도 안 됐지만 지원한다. 아프리카의 젊은 수사학자는 시청의 목록에 제 이름을 기재하고 나서 오래된 대성당으로 들어간다. 중앙 홀의 어둠 속에, 내진에, 금빛 철책 뒤에, 대형 의자에 도시국가 밀라노의 주교인 성 암브로시우스가 앉

도 한다. 제2의 미켈란젤로라고 불리는 이탈리아의 조각가, 건축가.

[19] Aurelius Augustinus Hipponensis(354~430): 히포의 주교, 위대한 신학자, 철학자, 사상가. 『고백록』의 저자. 북아프리카의 대도시 카르타고에서 수사학을 공부했다.

[20] 성직자와 성가대가 차지하는 자리.

[21] Sanctus Ambrosius(?330/340~397): 로마 제국의 고위관리였고 밀라노의 주교를 지냈다.

아 있다.

그의 옆모습이 보인다. 그는 앞을, 일종의 허공을 바라본다. 뚜렷하게 무엇을 바라보고 있는 것이 아니다.

실은 자신이 보고 있는 것을 바라보지 않으며, 양손에 쥔 책을 정말로 보는 것도 아니다.

그저 앞 허공을 바라볼 뿐이다.

Vidimus tacite(우리는 말없이 바라보았다)…… "우리는 그렇게 독서하는 그의 모습을 바라보았다. 묵묵히, 바로 그렇게, 꽤 오랫동안, 앉은 자세로. 그의 목소리와 혀는 완전히 휴식을 취했다(*Vox autem et lingua quiescebant*)." 오래 이어지는 침묵 속에서(*in diuturno silentio*), 자신의 책 속에 빠진 성 암브로시우스는 성당을 벗어났다. 웅성거리는 신도들 무리에서 완전히 해방되었다. 대중의 세계에서 물러나 조용히 독서 삼매에 빠졌다.

입을 꼭 다문 밀라노의 주교 너머에서 성 아우구스티누스가 본 것, 그것은 잇따르는 세기들을 거치며 오래된 성당의 어스름 속에 쌓여가며 옹동그라진 침묵이다. 눈으로 한 줄 한 줄 따라갈 뿐이지만 지속적으로 주교를 사로잡는 것은 수세기에 걸친 문자들의 침묵이다. 그의 얼굴은 움직이지 않는다. 하지만 그의 몸은 정말로 여기 있지 않으며, 영혼은 몸이 있는 장소에서 아주 먼 곳을 떠돌았다.

16

아우구스티누스는 책을 읽는 한 남자를 본 다음에 387년 4월 25일 세례를 받았다.

*

번역의 즐거움을 위해 다음과 같은 숭고한 장면에서 잠시 머무르려고 한다. 브르타뉴 지방 렌의 주교 에마르 엔캥[22]의 말을 인용해보겠다. 때는 1509년, 공공 시계탑이 있는 페로디에르 거리[23]의 모퉁이다. 엔캥은 밀라노 대성당 안에서 암브로시우스 주교가 독서하는 모습을 바라보며 느끼는 황홀경을 기술하는 아우구스티누스에 관한 대목을 이렇게 옮긴다. "그의 그러한 삶의 방식은, 그가 청중을 접견하지 않게 된 후에도 아주 오랫동안 지속되었다. 그는 여전히 성서를 손에 들고 있었다. 그리고 말을 할 수 있는 여생에도 위대한 과업을 이루기 위한 연구를 할 때면 책에 시선을 고정시키고, 책장을 이리저리 넘기지도 않고 한마디 말도 없이, 혀

---

22) Aimar Hennequin(1543~1596): Aymar Hennequin으로도 표기. 아우구스티누스의 라틴어 『고백록』을 프랑스어로 번역했다.

23) 현재 렌에는 페로디에르Ferraudière 거리가 없으나 예전에 그런 이름의 거리가 있었을지 모른다. 하지만 '1509년'은 명백한 착오로 보인다. 1543년생 엔캥이 태어나기도 전이기 때문이다.

와 목소리는 쉬게 하면서, 읽어가며 나타나는 어려운 문제들을 정성스럽게 성심성의껏 해석하고 이해하고자 했다. 여러 번, 우리는 그의 방에서 그가 이런 식으로, 즉 입술조차 달싹이지 않는 묵직한 침묵과 평안requoy[24]을 유지하며 책을 읽는 모습을 보았고, 다른 식으로 독서하는 모습은 거의 보지 못했다."

나는 렌의 주교가 사용한 'requoy'라는 단어를 좋아한다. 그의 책 깊숙이, 브르타뉴 깊숙이 묻혀 사라져버린 이 말을 좋아한다. 이 단어가 지금 내가 집필 중인 책의 키워드일 것이다. 이 말이 독서를 아주 명확하게 정의하는 이유는 침묵(말 없는 독서)과 모퉁이, 물러남, 평안(requiem,[25] requoy)을 뒤섞고 있기 때문이다.

성 아우구스티누스가 부언한다.

"내가 이런 이야기를 하는 까닭은 무엇인가? 누구든 그것을 읽게 될 독자와 나 자신을 포함한 우리가 당신에게로 올라가기 위해 우리의 울부짖음이 비롯된 심연의 깊이를 헤아려

---

24) 라틴어 requiem에서 유래한 16세기 프랑스어 고어. '조용하고 편안한 구석으로 물러남'을 의미한다. 이런 어원적 영역 외에도 작가는 프랑스어 'recoin(후미진 곳, 외진 곳, 모퉁이)'과의 음적 유사성도 염두에 둔 것으로 보인다.
25) '평안, 휴식'을 의미하는 라틴어. 음악에서는 '진혼곡'을 가리킨다.

보려는 단순한 의도에서이다."

*

자신의 노랫소리에 스스로 빠져드는 새들처럼 독서하는
사람도 자신이 읽어가는 의미로 이동한다.

수많은 늙은 뱀과 작은 새의 무리가 갑자기 모든 일을 중단
하고, 전혀 쉬지도 먹지도 않으면서, 보이지 않는 대상이 있
는 방향으로 수천 킬로미터를 날아가게 하는 것은 무엇일까?

거식증에 걸린 어린 젖먹이의 얼굴은 대개 새의 얼굴과 흡
사하다. 맹금류의 주시하는 눈을 닮았다. 올빼미의 커다란
눈을 닮았다.

지나치게 커진 독자의 눈도 그렇다.

조난 상황에 처한 사람은 환각에서 피난처를 찾을 수 있다.

이 피난처는 그가 얼마 동안 생존할 수 있게 해준다.

*

Noli abscondere a me faciem tuam!

내게서 당신의 얼굴을 가로채지 말라! 이 얼굴은 책의 지
면이다.

*

    므시외 드 퐁샤토[26]는 포르루아얄데샹 수도원에서 원예 일을 했다. 정원을 돌보고, 괭이질을 하고, 외바퀴 손수레(그의 손수레)를 밀고, 저수지에서 항아리나 물뿌리개 혹은 양동이에 물을 길어 오곤 했다. 하지만 무엇보다도 책을 즐겨 읽었다. 1678년 그는 일기에 이렇게 썼다. "나는 오늘 내 등잔 심지의 불빛 외에 다른 빛이라곤 전혀 보지 못했다." 이 빛을 향해 그가 고개를 숙인다. 뺨이 불길에 가까워지고, 그리하여 차츰 시선이 달아오른다. 독방의 어둠 속에서 그의 얼굴을 마주한 지면의 얼굴이 그의 시선 아래에서 흔들리며 환해진다. 므시외 드 퐁샤토는 늘 『그리스도를 본반아De imitatione Christi』[27]에 나온 다음 말을 입에 달고 살았다. "Quaesivi in omnibus requiem et nusquam inveni nisi in angulo cum libro. 나

---

26) Monsieur de Ponchâteau: 17세기 얀세니즘 본원이던 '포르루아얄데샹 수도원'(베르사유 궁전 남서쪽 15킬로미터)에서 정원 일을 하며 지내던 은자.

27) 『그리스도를 본받아』 혹은 『준주성범遵主聖範』이라고도 하는 로마 가톨릭교회의 대표적 신앙 서적. 최초의 책은 14세기 말 혹은 15세기 초에 라틴어로 쓰인 익명의 영성 서적이었는데, 후에 독일의 신비사상가 토마스 아 켐피스 Thomas à Kempis가 자신의 이름으로 출간한다.

는 세상 도처에서 평안(requiem, requoy)을 찾았으나 어디서도 찾지 못했다. 책을 들고 구석진 곳이 아니라면 말이다."

두 지면이 만드는 모퉁이가 아니라면 말이다. 두 지면 자체는 불길의 광휘를 반사하고, 반사된 빛은 독자의 코와 이마를 비추고, 눈으로 지면을 훑어가는 독자에게 비친 빛이 쓰인 글자들을 밝힌다.

독서는 책이 펼쳐지는 순간, 그리고 책에서 찾거나 얻으려는 의미가 이러한 끊임없는 탐색과 다르지 않은 영혼에 불을 지피는 즉시 이 세계를 떠난다.

독자란 두 지면으로 이루어진 자신의 '하늘을 나는 작은 양탄자'에 올라타서 바다를 지나고, 아주 먼 거리를 주파하고, 수천 년을 건너뛰는 마술사다.

노자는 중국 국경에 이르자, 자신이 타고 온 소를 집어서 넷으로 접어 옷 주머니에 넣었다고 한다. 그렇게 해서 층계를 오르고 만리장성을 넘어 인도에 당도했다.

알렉산드로스 대왕의 『낙원 여행*Iter ad paradisum*』은 1150년에 쓰였다. 이 작품을 집필한 적이 없는 알렉산드로스는 아주 오래전에 사망했고, 그 장소도 알려진 바 없다. 노자가 갔던 인도의 길 어딘가에 있을 그의 시신, 전차戰車, 말들, 무덤이 발견되지 않았으므로.

라틴어로 쓰인 이 책은 프랑스어로 번역되었고, 『지상 낙

원으로의 여행 *Voyage au paradis terrestre*』이라는 멋진 제목으로
스트라스부르에서 출간되었다.

*

아우구스티누스는 관조에 대해, 침묵에 대해, 유년기에 대
해, 욕망에 대해, 시간에 대해, 황홀경에 대해, 꿈에 대해, 지
상 낙원으로의 여행에 대해 명상했다. 다음은 그의 글이다.
"나의 유년기를 날수로 헤아리기는 어렵다. 내가 지내온 계
절이나 우리 시대를 근거로 삼는 것도 부질없다. 내 망각의
어두운 영역에서(*ad oblivionis meae tenebras*), 나의 유년기는
어머니 배 속에서(*in matris utero*) 지낸 시기와 아주 흡사하
다. 만일 내가 죄악에서 수태되었다면, 만일 아직 배 속에 있
는 나를 어머니가 죄악에서 양육했다면, 나는 어디에서 죄
없는 존재였는가? 언제 죄 없는 존재였는가? 나는 이 시기와
유년기를 누락시킬 필요가 있다. 내 안에 아무런 흔적도 남
아 있지 않은데, 내가 그것들과 어떤 관계를 유지할 수 있단
말인가?"

책을 펼침으로써. 책 안에 거주함으로써. 책을 읽음으로써.

*

1611년 어느 날 므시외 드 생시랑[28]은 친구인 코르넬리우스 얀센[29]을 위해 캉피라[30]의 솜씨 좋은 목수에게 한쪽 팔걸이를 책 받침대로 만든 안락의자의 제작을 의뢰했다.

아주 편한 자세로 학습할 수 있도록 팔걸이에 책 받침대가 장착된 의자의 설계 도면을 그린 것도 얀세니우스[31] 본인이다.

'학습하다étudier'란 무엇인가? '쓰면서 읽다'라는 뜻이다.

얀세니우스는 그야말로 이 안락의자에서 살다시피 했다.

잠을 잘 때도 안락의자에서 몸이 떠나지 않았다.

갑자기 새벽이 찾아들었다. 완전히 새로운 새벽의 신선한 침묵 속에서, 최초의 빛이 관통하는 창유리 옆에서, 고개가 앞으로 숙여진 그에게 새벽은 새롭게 책을 읽기 시작하라고 부추긴다. 다시 밤이 될 때까지.

---

28) Jean du Vergier de Hauranne(1581~1643): 얀센파의 중심 인물인 프랑스의 신학자. 생시랑의 수도원장을 지냈으므로 흔히 '생시랑'으로 불린다.
29) Cornelius Otto Jansen(1585~1638): 네덜란드의 신학자. 교부 신학, 특히 아우구스티누스설을 연구했다. 사후에 발표된 『아우구스티누스』(1640)는 '포르루아얄 운동'을 초래하여 '얀센주의'의 기원을 이룩했다.
30) Campirat: 프랑스에 없는 지명. 철자의 오류로 추정된다.
31) 얀센의 라틴어 이름.

*

　모든 책에는 드러나는 '무언의 의미'가 있다. A silent sense (무언의 의미). 키케로[32])가 『연설가에 대하여 *De oratore*』에서 설명하고 있는, 습득된 언어를 앞시튼다고 수장하는 이 '무언의 의미(*sensus mutu*)'에 대해 더 깊이 성찰할 필요가 있다.

　대화를 떠난, 의미작용signification의 단계를 벗어난, 언어활동langage으로 다른 사람들의 동의를 추구하지 않는 그런 감동을 말이다.

　내게 바다에 대해 말하지 말라, 뛰어들라.

　내게 산에 대해 말하지 말라, 올라가라.

　내게 이 책에 대해 말하지 말라, 읽어라, 고개를 심연으로 더 멀리 내밀어 영혼이 사라지게 하라.

32) 68쪽 주 2 참조.

제2장

간제[1]에게 보낸 제아미[2]의 편지

　강 기슭에서 높이 7미터 이상 솟아 있는 검은 석재로 된 대사원의 꼭대기에 위치한 그의 방 창에서는 흐르는 강물이 내려다보인다. 그가 소유한 영토 전역이 알리에[3]강의 흐름을 쫓는 기슭에 뻗어 있다. 그는 큰 키에 마른 체형으로 토가 차림이었다. 튜닉 윗자락 끄트머리에 턱뼈며 쇄골, 열띤 듯 실

---

1) 觀世(?1394~1432): 제아미의 장남. 노能의 연기자이며 작가이다. 부친 제아미의 은퇴(1422)로 조부 간아미가 설립한 간제극단의 수장 자리를 물려받지만 부친보다 11년 앞서 사망했다.
2) 世阿弥(?1363~?1443): 일본 무로마치 시대에 전통 가무극인 노能를 완성한 예능인으로 연기자이며 많은 작품을 남긴 다작가인 동시에 23부집에 이르는 예론서의 저자이다. 아시카가 요시미쓰가 사망하고 그의 아들 요시노리가 정권을 잡자 사도섬으로 귀양 가서 사망했다.
3) Allier: 프랑스 중부에 위치한 주의 이름이자 이곳을 흐르는 강의 이름.

룩이는 불거진 목울대가 보인다. 목울대의 움직임은 꿈을 가로지르는 이미지들과 마찬가지로 무의지적이다. 그가 쓴 글이다. "나는 고독을 대중이라 부른다."

시도니우스 아폴리나리스[4]는 더욱 분명하고 정확하게, 『서한집Epist』 제7권 제14장에 이렇게 기록했다. "Ego turbam quamlibet magnam litterariae artis expertem maximam solitudinem appello(나는 '최대의 고독'을 문학예술에 무지한 사람들의 무리라고 부른다. 그 수가 아무리 많더라도 말이다)."

*

오비디우스[5]도 뭔가 이와 비슷한 것을 쓴 적이 있다. 단지 두 행行이었다. 예전 로마 제정 초기에, 황제에게 종신형을 선고받고 추방당해 유배지인 토미스[6]에서 다뉴브강을 굽어보는 로마식과 비슷한 탑에 갇혀 있을 때였다. 자신을 이해

4) Gaius Sollius Apollinaris Sidonius(430~?481/490): 제정 로마 말기의 성직자이며 정치가, 문인.
5) Publius Ovidius Naso(B.C. 43~A.D. 17/18): 로마의 시인. 『변신 이야기 Metamorphoses』의 저자.
6) Tomis: 일명 Contanza. 흑해 연안에 접한 루마니아의 항구. 오비디우스가 아우구스티누스 황제의 노여움을 사서 이곳에 추방되었다. (본문의 Tomes 을 Tomis로 고쳐 옮겼다.)

하지 못하는 주변 사람들을 한탄하며 갑자기 눈물을 흘렸다.

*

1434년 제아미—그 역시 쇼군[7]에 의해 사도섬[8]에 유배되었다—는 총애를 잃기 전에 수년간 써놓은 마지막 노能 작품들을 취합했다. 화로 옆에 식혀놓은 생선 풀과 쌀풀로 지면들을 이어 붙였다. 그러고 나서 극단의 대본들이 보관된 장롱 속에 넣었다. 증조부 때부터 쓰던 장롱이었다. 그리고 아들인 간제의 유령에게 편지—마지막 편지—를 썼다. "간아미[9]가 내게 해준 역할을 아비는 네게 해주지 못했구나. 방금 내가 취합한 지면들은 난해하단다. 내가 보기엔 나무랄 데 없지만 현학적 아름다움이 넘쳐나는 탓에 대중은 언짢아할 테지. 애야, 그곳에서 울고 있느냐? 아들아, 아비는 널 몹시 사랑한단다! 왜 나보다 앞서 검은 연기 속으로 사라졌단 말이냐? 망자들이 쏟아내는 독백의 고통은 훨씬 더 절절해서 귀를 기울이는 수많은 관객도 나름의 비참하고 옹색한 운명에 오열하고

7) 將軍: 일본의 역대 무신정권인 막부의 우두머리.
8) 佐渡島: 일본에서 오키나와 다음으로 큰 섬. 니가타현에 있다.
9) 觀阿彌(1333~1384): 제아미의 부친. 제아미와 더불어 무로마치 시대를 노能의 대성기로 만들었다.

싶어질 거라는 생각이 드는구나. 하지만 그들이 왜 사찰 안마당으로 와서 축축한 널빤지에 무릎을 꿇고 죽음을 떠올리며 두려움에 떨겠느냐? 자신들의 고통을 앞질러 헤아리며 연민에 몸을 떨겠느냐? 우리 시대에는 누구나 웃음을 좋아하지. 이제는 아무도 망자들의 초혼이며 의례나 성금에 더 이상 동의하지 않는단다. 첫 천 년 동안 그랬듯이 말이다."

제아미는 평생을 바쳐 급격하고 매우 박진감 넘치는 특이한 형식을 완성했고, 고대 일본인들이 '노'라고 부르던 샤먼적인 각본의 내용이 공연 시간 내에 응축될 수 있도록 했다.

위에서 아래로 써 내려가는 중국 선사들의 글쓰기를 배우기도 전에, 고대 일본의 승려들은 사찰의 문에서 가면을 쓴 채 액막이 굿이나 정결 의식 삼아, 신전의 울타리 안으로 들어오려는 망자들을 맞아들였다. 그들의 아픔을 달래고, 시샘을 따돌리고, 노여움을 풀어주고, 원한을 해소하기 위해서였다.

제아미는 장례 의식을 창안하지 않았다. 가능한 한 극도로 단순화시켰을 뿐이다.

그런데 정제로 인해 매력적인 형식이 모두 사라졌다.

관객은 지나치게 엄격해 보이는 아름다움을 외면했다.

그러자 그는 생애 말년에, 아들 간제가 죽고 조카 온아미[10]

10) 音阿彌(1398~1469): 제아미의 조카. 노能의 연기자이며 작가이다. 간제가

도 세상을 떠나자 점차 슬픔에 사로잡혔다. 또한 젊은 배우들과 대다수 관객들이 자신의 저작들에 대해 무관심하자 괴로워했다. 게다가 자신의 사위가 공공연히 내세우는 배우들의 연기, 화려한 의상, 악기의 수, 망자들의 가무극으로 변한 극단적인 특이한 춤의 은밀하고 느리며 복잡한 발동작을 탐탁해하지 않았다. 젠치쿠[11]는 문학적 암시보다 빛의 유희를 선호했다. 따라서 절제되고 운각韻脚을 맞춘 양식보다 애절한 멜로디가 우세했다. 다른 세계의 다리 위에서, 망자들의 소나무의 높고 긴 형태의 그림자 속에서 선 채로, 부동자세로, 태연하게, 어둠 속에 머무르는 침묵의 긴 멈춤보다 경이로운 안무가 대세였다.

*

아버지가 저세상으로 간 아들의 혼령에게 부친 편지의 말미는 지극히 감동적이다. "네게 편지를 쓰면서, 내가 더 이상 네게, 내 아들에게 말하고 있지 않다는 것을 고백하마. 네 얼굴이 사라져 볼 수 없으니까. 이제는 대체로 책을 나만큼 많

사망하자 간제극단의 수장 자리를 이어받아 새로운 풍의 노를 확산시켰다.
11) 禪竹(1405~1470): 제아미의 사위. 제아미가 크게 성공시킨 새로운 풍의 노를 확산시켰다.

이 읽은 사람들을 대상으로 쓰려고 한다. 그런데 네 숨결이 입가에서 흩어져버려 그들 중에 네가 없으니 아비는 낙심천만이구나. 사실 나는 이 세상에서 나만큼 책을 많이 읽은 사람을 많이 만나보지 못했다. 그 사실만큼은 인정해야겠지. 하지만 아무럼 어떠냐. 세상 깊은 곳에는 나보다 책을 더 많이 읽은 존재가 있을 거라고 늘 생각했단다. 그 존재는 검은 바윗덩이에 올라앉은 경이로운 원숭이와 흡사할 테지. 빛 깊은 곳에는 모든 책을 다 읽은 어떤 존재, 옛사람, 망자, 유령, 신, 심지어 산들바람이 있다는 생각도 했다. 나는 줄곧 그렇게 믿었고, 지금도 여전히 믿고 있단다. 아마도 그런 존재의 기이한 눈目은 천정점天頂點에 달한 태양의 눈일 테고, 거기서 우리의 덴노天皇께서 솟구쳐 곧장 수직으로 내려와 인간 세계에, 극동에, 그것도 끝자락에 등극하신 게 아닐까 싶구나.[12] 어쨌든 손에 붓을 쥐게 된 이후로 내가 쓴 문장들 안에 내가 집어넣은 일체의 기호를 포착하는 어떤 '시선'이 있으리라고 나는 줄곧 믿었단다. 문장들 속에 삽입한 모든 암시를 느낄 수 있는 영혼이 있을 거라고, 그렇게 이루어지는 감응에 동시적으로, 순식간에 감동하는 기억이 있을 거라고, 읽

12) 건국신화의 태양신 아마테라스의 손자 호노니니기가 천상에서 지상으로 내려온 천손강림天孫降臨을 말한다. '덴노'라는 칭호가 실제로 사용된 것은 690년 무렵 41대 지토덴노持統天皇에 이르러서이다.

고 또 읽다 보면 그 안에서 자신이 지워지는 동시에 쌓여간다고 언제나 확신했다는 말이다. 이런 존재가 없다 한들 어떠냐! 평생 독서하는 사람들의 감수성이 그저 교양이나 좀 있다는 자들의 감수성보다 우월한 게 당연하다는 것이 내 생각이니까. 교양 있는 사람들은 그저 기분전환으로 공연을 보러 가거나, 저녁에 자신이 지나는 골목들의 함성에 휩싸이기 좋아하고, 가물가물 흔들리는 칸델라 불빛을 좋아하고, 나무 그늘에서 음주를 즐기고, 방석들이며 접이식 캔버스 천 의자들 혹은 나무 벤치들이 배열된 열 사이로 비집고 들어가길 좋아한단다. 얼굴은 등잔 불빛에 환히 빛나고, 코는 주변 사람들의 몸에서 올라오는 생생한 향수 냄새를 맡을 테지. 그들은 자신들 앞에 설치된 높은 무대에서 격식을 갖춰 유령처럼 움직이는 여장 남자들의 번쩍이는 의상을 보며 요란하게 박수를 치는 사람들이야. 얘야, 아들아, 내 삶에는 한동안 두문불출했던 시기, 번민을 가라앉히려고 하루에 열 권 분량의 책이 필요했던 시기가 있었다. 나는 근처 도서관에 가곤 했지. 사는 게 그야말로 고역이었거든. 절망을 잊게 해줄 책들이 없었다면 난 살아남지 못했을 거야. 그런데 이런 고통을 견디며 살아남은 기쁨이 있다면 그건 훨씬 더 심오하고 거의 매혹적인 다른 기쁨이란다. 즉 이 모든 고통을 **멀리서**, 가령 어둠 속에서, 먼 곳에서, 여름에 피어오르는 연무煙霧 속에서

관조할 수 있다는 거야. 혹은 가을비에 침식되거나, 겨울의 창백한 빛에 변형되거나, 세상의 다른 끝에서 **전도**된 상태로 고통을 바라볼 수 있다는 거고. 오 이제는 죽고 없는 사랑하는 나의 아들아, 망자가 된 내 자식아, 죽음 안에도 네게 말해줄 기쁨이 있구나. 삶의 육신 자체를, 육신의 적나라한 알몸을, 즉 새로운 시각으로 접근해 무섭지 않은 외관에서 두려움 자체를 발견하는 기쁨, 느닷없이 솟구치는 두려움을 바라보는 기쁨 말이다. 그런 두려움 역시 알몸이고, 역시 고통스럽고 혹은 훨씬 더 혹독하고 더욱 반짝이지만 신비로운 물에 젖어 있어. 물은 가물거리다 꺼지는 약간의 빛으로 만들어진 일종의 노래와 흡사하고. 그것은 수의壽衣와 다름없는 베일이지. 이 편지의 주소·성명 란은 비록 비어 있지만 그렇다고 공란은 아니란다."

*

마침내 제아미는 편지를 마쳤다.

임종에 이르자 그는 젠치쿠라는 이름의 애제자에게 이제는 **기누타**[13]**의 도둑**을 아는 자는 오직 젠치쿠뿐이라는 말을 했

13) 도쿄도 세타가야구에 있는 동네.

을 뿐이다.

그리고 옷 속에 손을 넣어 작은 열쇠 꾸러미를 꺼냈다. 극단의 금고인 장롱 자물쇠에 맞는 열쇠를 알려주었다. 그가 말했다.

"나는 기누타의 도둑으로서 훔쳤네. 우리는 우리가 말하는 언어를 훔치지. 우리는 중국의 지식인들에게서 그들의 문자를 훔쳤어. 우리는 노란색, 이를테면 오렌지색 승복을 걸친 인도의 승려들에게서 불교를 훔쳤어. 나는 내가 읽은 것을 모조리 훔쳤지. 진짜 도둑이란 두근거리는 가슴으로, 사방팔방을 경계하고, 온몸을 잔뜩 긴장한 채, 노심초사하는 눈빛으로, 한밤중에 전혀 모르는 집에 혼자 들어가는 자일세. 무리를 지어 접근하면 어찌 붙잡히지 않겠는가? 나는 혼자 어둡고 고요한 집에 들어갔지. 지금 혼자 죽어가듯이, 책을 읽느라 평생 혼자였던 것 같네."

제3장

fur(도둑)

'세 글자로 불리는 사람,' 이것이 도둑을 칭할 때 로마인들이 에둘러 사용했던 표현이다. 라틴어로 도둑이라는 명사는 fur였다. 그런데 고대 로마인들은 자신이 언급하는 행위로부터 스스로를 지키려는 의도가 있는 한 감히 노골적으로 그 단어를 입에 올리지 못했다. 왜냐하면 그들은 고대 이탈리아 숲에서 멧돼지와 맞서 싸우며 살았고, 늑대들의 도움을 받았으며— 심지어 암늑대들의 온정으로 최초의 두 왕이 생존했으므로[1]— 높은 하늘에서 맹금들이 말없이 자신들의 운명을 지배했을 뿐만 아니라, 자신들이 지극히 미신을 믿는 나라를

---

1) 로마의 건국신화에 따르면, 갓 태어난 쌍둥이 형제(로물루스와 레무스)가 티베리스강에 버려진 후 암늑대에게 발견되었고, 암늑대가 두 아이를 제 새끼들과 함께 젖을 먹여 길렀다고 한다. 후에 로물루스는 레무스를 죽이고 로마의 초대 왕이 되었다.

세웠기 때문이다. 오직 고대 신부들만이 왕정시대에, 즉 숲의 시기에, 다시 말해 늑대와 멧돼지들이 출몰하고 맹금들이 선회하는 숲으로 뒤덮인 일곱 구릉시대에 의례적인 속담으로 그 단어를 말하곤 했다. "사고思考, 죽음, 행복, 사랑, 욕망, 꿈, 황홀경, 이런 것들은 시간의 흐름 속에서 **밤의 도둑처럼** 솟아오른다."

Sicut fur in nocte(밤의 도둑처럼).

왜냐하면 시간의 왕국들에서는, 다름 아닌 죽음만이 옛날에 유일한 왕이었기 때문이다.

죽음은 여전히 왕으로 남았다.

죽음은 세월의 왕이다. 사람들의 거처로 찾아와 'fur furtif(은밀한 도둑)'처럼 세상에서 노획물을 거둬들이고, 한밤중에 별장, 오두막, 궁전, 저택, 대성당, 교회, 지성소로 침입하는 Rex saeculorum(세월의 왕)이다.

나중에 신부들은 진짜 도둑에게 당할까 두려운 나머지 속담을 없애버렸다.

혹시라도 재물을 훔치는 자를 가리키는 단어를 계속 입에 올리면 자신의 재물을 **빼앗기게** 될까 봐 전전긍긍했기 때문이다.

*

　강도를 당하는 게 그토록 고통스러운 이유는 무엇인가? 쓸모없는 많은 것을 우리에게서 제거해주는데도 말이다. 불현듯 애석하고 추억을 떠올리게도 되지만 그것들은 어쨌든 낡고 때 묻은 깃들이라 이내 잊어도 무방하게 여겨진다. 불법침입에 따른 절도가 우리의 마음을 뒤흔드는 까닭은 부지불식간에 우리를 사로잡을 뿐 아니라 태양의 삶 이전에, 언어 습득 이전에 오랫동안 우리의 몸을 보호하던 양수 주머니를 갑자기 **다시 터뜨리기** 때문이다. 강도들은 문에서 경첩을 떼어내고, 유리창을 깨뜨리고, 가까스로 지은 허약한 우리 집의 낡은 벽에 구멍을 냈다. 후미진 곳에 침입했고, 'requoy'를 망가뜨렸다. 이실직고하건대 도둑들이 훔치는 대상은 우리 자신이 망자들에게서 훔친 것들이다. 우리는 이미 죽어버린 망자들을 지켜줄 방도를 알지 못했다. 우리는 나쁜 수호자였다. 그래서 강도질은 그로 인해 초래되는 물질적 손실 이상으로, 슬쩍 열리는 복잡한 감정의 심연 이상으로 우리를 도둑의 폭력에 굴복시킨 다음에 망자들의 복수에 처하게 만든다.

　강탈당한 망자는 하나같이 꿈에 나타나 우리에게 분통을 터뜨린다. 우리가 그들을 보호하지 못했기 때문이다. 되팔수도 있는 값비싼 물건이나 그들이 이어가지 못한 날들을 지

36

켜주었을 부적을 분실했다는 사실보다 약탈당한 집 안에 우리가 조상을, 친지를, 보호자를 방치했기 때문이다.

*

fur(도둑)는 세 글자다. rex(왕)도 세 글자다. 예수는 유대 왕국의 로마인 집정관에게 대답했다. "Rex sum ego(나 역시 왕이다)." 라틴어 세 글자가 세 번 이어지고, 그뿐이다. 잠시 후에 그는 필라트에게 대답한다. "Regnum meum non est de hoc mundo(나의 왕국은 이 세상에 속하지 않는다)." 나의 왕국은 이 공간에 있지 않고, 도둑이 침입하는 집 안에 있지 않고, 밥을 먹는 몸이며 욕망하는 외관을 지닌 내 육신 안에 있지도 않다. 심지어 내가 쓰는 언어에도 있지 않다. 내가 사용했던 사라진 아람어[2]에도, 나에 대해 쓰인 남아 있는 책들에서 내가 구사해야 했던 그리스어에도, 수천 년에 걸쳐 지속적으로 나를 찬양하는 상이한 공동체들에 의식儀式을 전달해온 라틴어에도 있지 않다. 내 영혼에도 있지 않은 나의 왕국은 아마도 시간 속에 존재하리라. 그렇게 죽음은, 세 글자로 불리

---

2) 예수와 제자들이 사용한 언어로 당시 유대인들의 공용어였다. 『구약성서』의 뒷부분 중 일부(「다니엘」, 「에스라」, 「예레미야」)는 히브리어가 아닌 아람어로 쓰였다.

는 자가 두 왕국의 군주가 되어 **은밀하게** 활동하듯이, 삶의 도중에 불쑥 나타난다. 재빨리 지나간다. 갑자기 사라진다. 한 왕국은 환영fantasme이고, 다른 왕국은 환각hallucination이다. 이것이 바로 『마지막 왕국』 시리즈 제11권에서 내가 옹호하려는 명제이다. 세 글자로 불리는 사람은 자신의 조용한 언어—글로 쓰인 침묵하는 언어— 덕분에, 누구나 했을 법한 단기간의 경험이 온전하게 보존된 두 개의 왕국—자궁의 왕국과 태양의 왕국— 사이를 —왕복하는— 은밀한 왕이 된다.

*

왜냐하면 꿈의 작업이 최초의 도둑이기 때문이다. 꿈은 전날의 가치들을 훔친다. 자연의 모습, 풍미風味, 과거의 존재, 결여된 바라 마지않는 모든 것 하나하나, 촉각, 접촉, 결합, 욕망함 직한 형태와 동일시되는 온갖 특징을 모조리 가로챈다.

동물이나 인간의 혼 한가운데 있는 야릇한 '포식-근원.'

욕망함 직한 모든 모습이 수면 중에 회귀한다. 호랑이의 경우에도. 여자의 경우에도. 새의 경우에도. 아이의 경우에도. 늑대의 경우에도. 남자의 경우에도.

*

예수와 함께 심판받은 바라빠[3] 역시 도둑이었다. 하지만 세 글자(fur)로 불리는 도둑은 아니었다. 다섯 글자(latro)로 불리는 도둑이었다.

"도둑은 어느 세계에 속합니까?" 두 팔을 벌린 채 자기처럼 죽어가는 옆 사람에게 도둑이 물었다.

"낙원에 속하네." 신이 서슴없이 대답했다.

「마르코의 복음서」 제15장 제27절의 구절이다. "예수와 함께 강도 두 사람도 십자가형을 받았는데 하나는 그의 오른편에, 다른 하나는 그의 왼편에 달렸다." 주께서 고개를 돌렸다. 고개를 돌리자 옆에 매달린 도둑의 얼굴이 보였다. 'larron'이라는 프랑스어는 도둑을 뜻하는 라틴어 'latro'에서 유래했다. 오른쪽에는 latro, 왼쪽에는 fur였다. 그러자 오른쪽 십자가에 못 박힌 도둑이 신에게 말했다.

"Memento mei cum veneris in regnum tuum(주님께서 당신의 왕국에 이르시면 저를 기억해주소서)."

예수는 그에게 믿음을 보인 fur(선한 도둑)에게 대답했다.

---

3) Barabbas:『신약성서』에 언급된 예수 처형과 관련된 인물. 민란을 일으키고 강도 살인죄로 붙잡힌 자. 예루살렘의 유월절 축제 사면에서 예수를 처형하는 대신 석방되었다.

"Amen dico tibi: Hodie eris in paradiso(진실로 내가 너에게 이르노라: 오늘부터 너는 천국에 있으리라)."

*

세기가 거듭되며 **문인**_lettré_은 보이지 않게 된 다른 얼굴을 향해 제 얼굴을 돌린다. 다른 자의 다른 얼굴, 그것이 바로 나의 신이다. 그렇게 문인은 사자死者들의 왕국을 여행하면서 천국에 있게 된다. _litteratus_(선비)는 하얀 책장을 넘긴다. 희다 못해 짓던 미소마저 거두지 못한 채 죽어가는 사람의 두 뺨처럼 창백한 지면이다. 마치 해골 더미의, 미라의, 납골당의, 무덤의 뼈들이 그러하듯 희고 판판하고 매끄럽고 부드러운 지면이다. 세월이 흐르며 강물이 마모시킨 카론[4]의 노櫓 끄트머리처럼 반들거린다. 문인은 고전을 다시 읽고, 아케론강[5]을 건너고, 망령들에게 인사드리고, 그들을 각자의 이름으로 호명하고, 그들의 넋을 천국으로 보내거나, 그곳에서 그들과 합류한다. 그는 유령들revenants의 세계로 돌아오는 revenir 자이다. 그는 말하는 숨결이 아닌 호흡하는 숨결에서,

---

4) Charon: 그리스·로마 신화에 나오는 저승의 뱃사공. 아케론강에서 망자들을 실어 나른다.
5) Acheron: 하데스 왕국의 다섯 강 가운데 하나로 슬픔, 비통함을 상징한다.

근원이나 출처나 기원의 강세와 인간세계가 발현된 이후의 모든 조상을 지워버림으로써 어떠한 자음의 분절이나 모음의 발성도 전혀 없는 숨결에서 다시금 고양된다. 그가 입문하는 협회는 통과의례적이다. 이 모임의 구성원은 혼자인 여자들과 남자들로서 서로 간에 책의 존재 이외엔 아무런 접촉도 없다. 서로 만나는 일 없이, 닫힌, 완전히 차단된 자신의 독방에서 묵묵히 수학하는 여자들과 남자들만의 공동체에는 세월이 흐르면서 수많은 입문자가 생겨났다. 그럼에도 제아미가 말했듯이, 시도니우스 아폴리나리스가 말했듯이, 오비디우스가 말했듯이—혼자 꾸는 꿈속에서 홀로 책을 읽는 모든 존재인 야수, 사자, 표범, 하이에나, 고양이가 말했듯이— 공동체는 언제나 완전히 혼자이게 내버려 둔다. 책 읽는 자들의 비밀결사를 특징짓는 것은 각자의 고독이다. 끊임없이 더욱 혼자가 되려는 극단적 단일성이다. 고행, 희생, 절제, 집중, 수학修學이다. 침묵, 은폐, 아노미,[6) 음지, 열정, 불면이다. 그것은 포착 불가능한 것으로 실은 고양잇과에 속하는 것임에 틀림없다. 최소한 거의 고양잇과든가 어쩌면 약간 조류과일 수도 있겠다. 독서는 소리 없는 절도vol이다. 올빼미의 마술적인 비상vol과 흡사하다. 올빼미는 대지 위를 지나

---

6) 특수화된 사회 구조 속에서 분리감, 고립감을 느끼는 일.

며 간혹 튀어 오르기도 하는 바람에 몸을 싣기 위해서만 전혀
소리 없이 양 날개를 쫙 펼친다. 눈에 보이지 않는 포식.

제4장

바그다드의 기사

피에트로 델라 발레[1]는 다른 곳으로 떠나 어디로든 갔다. 그 당시 알려진 세상에서 찾을 수 있는 온갖 '다른 곳'을 두루 섭렵했다.

항해를 했고, 노를 저었고, 말을 탔고, 이곳저곳을 떠돌았다.

바그다드에 있을 때 그는 특이해 보이는 벽돌 모양의 연한 점토판들을 땅에서 주웠다.

햇빛에 구워진 점토판 위에는 모르는 글자들이 주형 형태로 새겨져 있었다.

그는 이 점토 덩이들을 도시국가 로마로 가져왔다. 그리고

1) Pietro Della Valle(1586~1652): 이탈리아의 작곡가이자 음악학자. 르네상스 시대에 아시아 전역을 여행했다.

여인숙에 묵게 되었는데, 창문이 테베레강[2]을 향해 나 있었다. 그는 짐을 방으로 옮긴다. 등에 짊어진 책들의 나이를 대체 누가 짐작이나 하겠는가? 그는 자신이 바벨의 잔해들을 밟으며 걸었다는 사실조차 알지 못한다. 자신이 최초의 소설을 가져온 것도 알지 못한다. 내용인즉 길가메시[3] 왕이 야생의 친구인 엔키두의 죽음에 눈물을 흘리면서 사랑하는 사람들이 죽지 않게 하겠노라 작심하는 이야기다.

2) 이탈리아 중부에서 로마시를 관통하여 티레니아해로 흘러드는 강.
3) Gilgamesh: 바빌로니아 문학작품 『길가메시 서사시』(기원전 2000년대에 점토판에 기록된 무훈담)의 주인공으로 반신반인이다. 전설상의 국가인 우루크의 왕으로 수많은 신화와 서사시, 미술작품에 등장한다.

제5장

알프alf [1] 혹은 알레프aleph [2] 의 A

옛날에 알레프라는 문자는 정면에서 바라본 황소의 얼굴이었다. 선線이 고안된 시기에 이르러 머리와 두 뿔이 오른쪽으로 기울어졌고, 항아리 측면에 쓰이던 글씨도 석관의 평평한 표면과 사원의 벽면에 쓰이게 되었다. 문자 알파[3]는 가장 정면의 가장 단호한 폭력으로 나아간다. 천 년이 끝날 무렵 그림문자는 왼쪽 뿔의 끄트머리를 약간 잃었다. 이런 식으로 유럽에서 문어를 기록하는 글자들 중 첫 문자는 야생동물

1) 페니키아 알파벳의 첫 문자.
2) 히브리어 알파벳의 첫 문자.
3) alpha는 그리스어 알파벳의 첫 문자.

이 약동하는 모습을 형상화하고 있다.[4] B, 베트,[5] 베타[6]는 다섯 개의 칸막이로 이루어져 살문이나 울타리로 둘러쳐진 집이었다. 불같은 기질의 사나운 짐승이라 결코 길들일 수 없는 녀석—페니키아어로 alf, 히브리어로 aleph—들을 그 안에 가두었다. 라틴어 c는 'tristis littera'라 불렸다. c는 슬픈 글자이다. 동사 condemno[7]의 첫 글자리서 심지어 치명적이기도 하다. d와 등가를 이루지만 이 경우의 d는 Deleatur[8](그것을 파괴하라!)의 기호 d가 아니다. 짧은 도가머리, 엉성한 곱슬 머리털을 연상시키는 그리스어 문자 테타[9]는 오늘날에도 여전히 로마자 표기로 쓰이는데, 테타 자는 Thanatos[10]라는 단어를 여는 끔찍하고 불명예스러운 머리글자로서 죽음

---

4) ϐόαα: P. Quignard, "Sur le mot litterature", *Contemporary French and Francophone Studies*, 2014, pp. 225~33.

5) beth: 히브리어 알파벳의 두번째 문자.

6) bêta: 그리스어 알파벳의 두번째 글자.

7) 라틴어 동사로 '단죄하다, 유죄를 선고하다'라는 의미.

8) 라틴어 동사 dēlěo의 3인칭 단수 수동 접속법 현재. '폐허로 만들다, (적군을) 섬멸하다'의 의미. 프랑스어 명사 'deleatur(삭제 부호)'와 구분된다.

9) thêta(Θ, θ): 그리스어 알파벳의 여덟번째 문자로 명칭은 '세타'(고대 그리스어) 혹은 '시타'(현대 그리스어)이지만, 로마자 표기 th에 해당하므로 일반적으로 '테타'로 불린다.

10) 그리스 신화에서 죽음을 의인화한 신. 프로이트는 죽음의 본능을 타나토스라 명명했다.

의 문신이다. 일단 테타 자가 아테네의 도편추방陶片追放[11]이나 로마의 공고추방公告追放 목록에 오른 이름 앞에 기재되면 '지목된' 당사자는 소재지에서 별도의 처벌 없이 즉시 제거되었다. 그렇게 해서 deleatur(삭제 부호)는 다른 기호 앞에 놓여 죽음에 처하게 하는 기호로 정의된다. 언어의 기능을 멀리서 찾을 필요가 없다. 고대 신들 중의 마지막 신인 예수는 두 명의 도둑(하나는 furtif이고 다른 하나는 larron)[12]에 에워싸여 T(tau) 자[13]모양의 십자가에서 두 팔을 벌린 채 죽었다. 두 도둑도 완벽한 원 안에서 사지를 늘이는 교차된 두 나무 막대에 두 팔을 벌린 채였다. 원에는 비트루비우스의 남자, 레오나르도의 남자라고 기재되었다.[14]

---

11) 고대 도시국가 아테네에서 시민 투표로 참주僭主가 되려는 야심가를 가려내 나라 밖으로 추방하던 제도. 도자기 파편에 그 이름을 적어내는 비밀투표에서 6천 표 이상 받은 자는 10일 이내에 아테네를 떠나 10년간 외지에서 지내야 했다.

12) furtif(라틴어로 fur)는 책을 읽는 사람을 지칭할 때의 '도둑'이라는 의미로, larron(라틴어로 lacro)은 말 그대로 '강도'의 의미로 쓰인 것으로 보인다.

13) tau(T, τ): 그리스어 알파벳의 열아홉번째 문자이다.

14) 레오나르도 다빈치의 소묘인 「인체 비례도」(혹은 「비트루비우스적 인간」)를 가리킨다. 이 소묘는 다빈치가 고대 로마의 건축가인 비트루비우스가 쓴 『건축 10서』의 제3장(「신전 건축」편)에 "인체에 적용되는 비례 규칙을 신전 건축에 사용해야 한다"는 대목을 읽고 그렸다고 전해진다.

*

살아 있는 인간은 자신의 삶을 인지하지 못한다.

근원에서도 종말에서도 인지하지 못한다.

자신의 날들에 결여된 이미지에서 인지하지 못하는 이유는 그 이미지가 육신의 수태 이전이기 때문이다.

삶을 빠져나가는 자세에서 인지하지 못하는 이유는 그 자세가 죽음의 시간 이후이기 때문이다.

인간의 눈은 보이지 않는 것을 보기 위해 앞면이 스스로 드러나지 않는 물체의 도움이 필요하다.

인간은 **기호**signe를 창안했다. 기호는 자신을 드러내지 않으면서 자신이 드러내는 무엇을 파괴한다. 그렇게 해서 인간은 드러내되 스스로는 드러나지 않는 도구를 만들어낸다. 우선 무덤 속의 반들반들한 청동거울의 표면이 그런 것이었다. 거울은 생존자들의 이미지를 **훔칠** 뿐 아니라, 시체를 뜯어먹으려고 난폭하게 벌린 아가리가 비치는 순간 맹수들이 아연실색해서 움쭉달싹 못 하고 그 자리에 얼어붙게 만든다. 청동 표면은 그 앞을 지나가는 보이지 않는 것, 귀신, 망령, 괴수, 환영, 유령을 포착해서 꼼짝달싹 못 하게 한다. 거울 덕분에 인간은 보이지 않는 세계에 도달할 수 있다. 살아 있는 모습이 전도된 좌우 대칭으로 비치는 거울 속의 자기 얼굴에서 자신의 육신이 비롯된 망자들의 모습과 접촉한다. 자기 얼굴의 반영에서 저세상으로 사라진 조상들을 볼 수 있게 해 주는 시선을 갖추고 망자들에게 내려간다. 망자들이란 사실 보이지 않게 된 사람 모두를 일컫는다. 그리스어 Hadès[15]라 는 단어가 'a-idès,' 즉 '보이지-않는'으로 나뉘기 때문이다. 하데스는 에레보스[16]의 신이다. 생명이 떠나버린 사람들로 이루어진 엄청난 대중을 지배하는 신이다. 반영들 너머의 망령들의 신이다. 밤의 어둠 속에서 환영을 대체하던 반영 은 문자로 대체되었다. 이번에는 문자가 시간 속으로 내려 가는, 즉 열댓 개나 스무 개 남짓의 단계를 거쳐—수메르[17] 에서는 점토판에 의거해서, 중국에서는 거북이 등에 의거해 서— 보이지 않는 세계의 깊은 곳으로, 영원토록 우리의 시 체를 뜯어먹는 '머리 셋 달린 개'[18]가 지키는 어둠의 세계로 내려가는 수단으로 변했다.

---

15) 하데스는 그리스 신화에서 죽은 자들의 신, 저승의 지배자이기도 하다.
16) Erebos: 그리스 신화에서 암흑을 의인화한 신으로 혹은 하계의 일부로 언급 된다.
17) 바빌로니아 남부에 위치한 세계 최고最古의 문명 발상지.
18) 그리스 신화에서 저승 세계의 입구를 지키는 케르베로스Kerberos.

사라진 형상은 글자 내부에 유령처럼 들러붙어 부재하는 이미지를 통해 꿈처럼 나타난다.

그리고 환기력이 없는 보이지 않는 것 안에서, 언어가 기록을 위해──구어의 내화체 상치를 빠기하기 위해── 사용하는 각 기호들 뒤편에서 임의로, 거의 이해할 수 없게 결합된 음소phonème 자체보다 더 오래된 그림기호pictogramme를 해체한다.

*

로마네스크 양식의 멋진 미세화 한 점이 마드리드에 보관된 수사본 안에 들어 있다. 황금 각반에 보드라운 긴 옷차림의 보이티우스[19]를 그린 것이다. 외투는 앞에 달린 혹 단추로 채워져 있다. 다리가 긴 높다란 타부레[20]에 걸터앉아 있다. 엇갈려 겹친 두 발은 바닥에 닿지 않고 천처럼 포도 위로 늘어져 있다. 손에 붓으로 쓰는 갈대와 글자를 긁어 지우는 칼

---

19) Anicius Manlius Severinus Boethius(B.C. 480~A.D. 524): 로마 최후의 저술가, 철학자.
20) 팔걸이, 등이 없는 의자 혹은 발판.

을 쥐고 있다. 높은 책 받침대에 펼쳐진 종이에 글을 쓰는 중
이다. 모자는 쓰지 않았다. 그가 갑자기 고개를 들어 멋진 여
인이 나타나는 쪽을 바라본다. 그녀는 심마쿠스[21]의 딸과 놀
랄 만큼 닮았다. 그가 집필하는 책은 그의 곁에 몸집이 거대
한 이 여인이 나타나는 것으로 시작된다. 이 책은 테오도리
쿠스 황제[22]가 그를 가둔 파비아[23]의 감옥에서 쓰였다. 그가
고문을 당하고 죽은 곳이다. 여인이 출현하는 이 장면은 경
이롭다. 하나의 수태고지受胎告知이다. 놀랄 만큼 하얀 얼굴
에 부드럽고 아름다운 밤색 눈을 지닌 키 큰 젊은 여인이 내
려와서 다가온다. 공들여 지은 크고 헐렁한 드레스를 입고
있지만 몸매는 마르고 젊다. 아름다운 가슴이 젖으로 부풀어
있다. 젖가슴은 전혀 보이지 않지만 옷감에 휩싸여 묵직하게
도드라져 눈에 띈다. 그녀가 두 팔을 뻗는다. 폭넓은 소매가
펼쳐지며 소매의 장식 줄이 아래로 떨어진다. 얼굴은 무지개
빛깔의 영롱한 색으로 짠 베일에 가려져 있다. 그녀는 하늘
에서 내려오는 중이다. 아직 공중에 떠 있다. 두 발이 미처 땅

21) Quintus Aurelius Memmius Symmachus(?340~?402/403): 로마의 귀족. 회
    계 감사원으로 공직을 시작해서 원로원 의원, 법무관을 지냈다.
22) Theodoricus the Great(454~526): 동고트 왕국의 초대 국왕이며 로마 제국
    의 군인이자 이탈리아의 군주였다.
23) Pavia: 이탈리아의 북부에 있는 도시.

에 닿지 않았다. 희고 고운 발가락들이 바닥에 닿지 않은 상태로 황금빛 포도 위로 나아간다. 손에 쥔 작은 책 두 권의 맨 끄트머리에 그리스어 두 글자 Π(피)와 Θ(테타)가 매달려 있다.

'피'[24)]와 '테타'[25)]는 practica(실용)와 theoretica(이론)의 머리글자이다.

삶과 관조.

더도 덜도 아니고 딱 그러하다.

*

"침대와 어둠만을 좋아하는 게으름뱅이 인종!"

작가들을 가리키는 말이다.

fainéant(게으름뱅이)은 멋진 프랑스어다. Faire néant, c'est l'être(無를 행하기, 그것이 존재이다). 이 시에서 유베날리스[26)]가 사용하는 라틴어는 *ignavus*로, in-actif(비활성의) 혹은 sans élan(약동 없는)이라는 의미이다. in-natus란 sans nativité(태

---

24) pi(Π, π): 그리스어 알파벳의 열여섯번째 문자로 '파이'라고도 한다. 로마자 표기로 p에 해당한다.
25) 46쪽 주 9 참조.
26) Decimus Junius Juvenalis(?55/60~?127): 고대 로마의 시인. 『풍자 시집 *Satires*』이 남아 있다.

어남이 없는)를 뜻한다.

Genus ignavum quod lecto gaudet et umbra!(침대와 어둠만
을 좋아하는 게으름뱅이 인종!)

밤이 끝날 무렵 오로라에 앞선 어둠 속에서 침대에 있는 작
가는 '태어나지 않은 자'이다. 아직 빛 속에 나타나지 않은
자. 꿈을 꾸는 자. 글을 쓰는 자.

스스로가 '대장간'이라 부르는 것 안에 있는 프루아사르이
다.[27] 스스로가 '푸알poêle'이라 부르는 것 안에 있는 데카르
트이다.[28] 죽음의 순간 침대에 있는 브루투스이다.[29]

코르크에 둘러싸인 프루스트이다.[30]

---

27) Jean Froissart(?1337~?1405)는 프랑스어를 사용한 플랑드르 지방 출신의
역사가이다. 『프루아사르 연대기』에서 그는 자신의 집필실을 (과거를 작업
하고 벼려서 고귀하게 만든다는 의미에서) '대장간'이라 불렀다.
28) René Descartes(1596~1650)는 프랑스의 철학자, 수학자, 물리학자이다.
『방법 서설』에서 그는 자신의 집필실을 'poêle'이라 불렀다. 'poêle'은 '난
로'인 동시에 '난로로 인해 훈훈해진 방'을 뜻한다.
29) Marcus Junius Brutus(?B.C. 85~B.C. 42)는 로마 공화정 말기의 정치인으
로 율리우스 카이사르의 암살에 중요한 역할을 했다고 알려져 있지만, 실은
오랫동안 작가가 되기를 꿈꾸었던 인물이기도 하다.
30) Marcel Proust(1871~1922)는 『잃어버린 시간을 찾아서』를 쓴 프랑스의 작
가이다. 원래 천식에 시달리고 유난히 소음에 민감한 탓에 이중 창문과 사
방의 벽에 코르크를 두른 방에 칩거한 채 집필에 몰두했다.

문학 작업에 전제되는 기이한 나태는 기생적 ─때맞춰 찾
아오지만 무용하므로─ 순간이고, 문자가 문법적으로 어미
변화를 하는 데 소요되는 '시간' 안의 '죽은 시간'이다. 그러
고 나서야 이완되는 시간이 단어들의 시퀀스를 조합하는 데
사용된다. 시퀀스가 대기 중에 들리든 말든 사라진 소리는
그것들의 물신物神 언저리에서 드러난다. 시퀀스는 그 수가
아주 적거나 고립된 것이라도 더 이상 화살이 아닌 청동 펜
아래, 더 이상 창槍이 아닌 나뭇조각에 새겨진다. 카드모스[31]
가 최초의 16문자 알파벳을 페니키아에서 그리스로 들여왔
다. 여기에 팔라메데스[32]가 에타,[33] 입실론,[34] 키[35]를 추가시
켰다. 에피카르무스[36]는 피[37]를 가져왔다. 이어서 시모니데
스[38]가 프시,[39] 크시,[40] 오메가[41]를 제안했다. 그렇게 해서 *res
litteraria*(문자 현상)는 알파벳 서체인 특이한 생김새가 등재
되자마자 알파벳 문자가 20가지 남짓의 기호로 변별하는 모

---

31) Kádmos: 그리스 신화의 영웅이며 페니키아의 왕자. 그는 용과 싸워 승리하
   자 용의 이빨을 뽑아 대지에 뿌렸고, 여기서 태어나 살아남은 다섯 전사와
   함께 도시국가 테베를 세우고 최초의 왕이 되었다.
32) Palamedes: 그리스 신화에 등장하는 트로이 전쟁의 영웅. 오디세우스의 부
   당한 모함으로 인해 배신자로 몰려 자기 편 병사들이 던진 돌에 맞아 죽었다.

든 것을 의미했다. '문자 현상'은 글쓰기의 기원 이래로 이미 지속적으로 표기가 이루어지는 일체의 것, 가령 절벽의 화석에, 식물의 잔해에, 육식동물의 물어뜯긴 상처에, 젖을 빠는 젖먹이의 앞으로 내민 입술에, 수유를 하느라 풀어헤친 어머니의 젖가슴에, 우리가 뒤쫓는 야수들이 남긴 배설물과 그들의 고기와 습성과 모피와 상아와 뿔에 새겨지는 비인간의, 지옥의, 신의, 자연의, 야생의, 물질의 글쓰기 일체를 포괄한다. 왜냐하면 문학이라는 단어를 말할 때 중요한 것은 **존재**l'Être의 영역이 아니기 때문이다. 문제는 '문자 현상'과 더불어 폭발하듯 솟구치는 파편이나 선線으로 구성된 모든 것의 가능성이다. 세계의 존재론보다 더 확장된, 그것이 욕심껏 가리키는

---

33) êta(H, n) : 그리스어 알파벳의 일곱번째 문자. 로마자 표기 ê에 해당한다.

34) upsilon(Y, υ) : 그리스어 알파벳의 스무번째 문자. 입실론이라고도 한다. 로마자 표기 v와 y가 Y에서 비롯되었고, 후에 v에서 u와 w가 분화되었다.

35) chi(X, χ) : 그리스어 알파벳의 스물두번째 문자. 로마자 표기 x, ch에 해당한다.

36) Epicharmus(?B.C. 550~?B.C. 460) : 그리스의 철학자, 희극 시인.

37) phi(Φ, φ 혹은 ϕ) : 그리스어 알파벳의 스물한번째 문자. 로마자 표기 ph에 해당한다.

38) Simonides(?B.C. 556~?B.C. 468) : 고대 그리스의 시인.

39) psi(Ψ, ψ) : 그리스어 알파벳의 스물세번째 문자. 로마자 표기 ps에 해당한다.

40) xi(Ξ, ξ) : 그리스어 알파벳의 열네번째 문자. 로마자 표기 x에 해당한다.

41) omega(Ω, ω) : 그리스어 알파벳의 마지막 스물네번째 문자. 로마자 표기 ô에 해당한다.

존재들보다 더 많은, 그것에 부합하는 유형들보다 더 광범위
한 것인 문학은 진실에만 국한되지 않는다. 문학은 심지어 인
쇄 여부의 역량으로도 제한받지 않는다. 막센티우스[42]는 콘
스탄티누스[43]의 전신 조상彫像을 부수게 했다. 그러자 콘스탄
티누스가 그에게 전쟁을 선포했다. 콘스탄티누스는 알프스
산맥을 넘을 때 자신의 군기labarum[44]에 그리스 문자 X와 P를
매달았다. 그는 승리했다. 황제는 자기 군대의 승리를 보장
했던 Christos(그리스도)의 이름을 기념하기 위해 모든 군단
의 모든 군사가 방패에 '키'[45]와 '로'[46] 문자를 양각으로 새기
도록 했다. 콘스탄티누스는 밀비우스 다리[47]에 당도했을 때,
막센티우스를 테베레강에 빠뜨려 죽였을 때, 격파된 군대 바

42) Marcus Aurelius Valerius Maxentius(?278~312): 로마의 황제(재위
306~312). 막시미아누스 황제의 아들.
43) Flavius Valerius Aurelius Constantinus(272~337): 콘스탄티누스 대제 혹은
콘스탄티누스 1세라고도 한다. 밀라노 칙령으로 기독교를 공인한 황제이다.
44) 로마 제국의 군기를 뜻하는 라틴어 labarum은 후에 그리스도를 의미하는 그
리스 문자 ΧΡΙΣΤΟΣ의 처음 두 글자 Χ(키)와 P(로)를 겹쳐놓은 것을 가리
키게 되었다. 콘스탄티누스 1세는 꿈에서 이 문양이 나타나는 것을 보았고,
'이 표시로 이기리라'는 목소리를 들었다. 그런 연유로 그가 최초로 이 문양
을 사용했다고 전해진다.
45) 55쪽 주 35 참조.
46) rhô(P, ρ)는 그리스어 알파벳의 열일곱번째 문자. 로마자 표기 r/rh에 해당
한다.
47) 로마 테베레강의 다리.

로 위에 펼쳐진 하늘에 돌연 한 글자가 나타나는 것을 보게 되었다. "그것은 태양이 빛을 쏟아내는 방식으로 태양 중심부에 있는 십자가였다." 그것은 T자 모양으로 3세기 전에 그리스도의 육신이 예루살렘 근교의 골고다 언덕에서 못 박힌 타우 십자가였다. 그림문자들은 글자들 아래에서, 심지어 꿈의 이미지들 아래에서 끈질기게 버티고 있다. '키'가 Christos라는 단어의 첫번째 글자가 된 것은 옛날에 고대 신들 중에서 Chaos(카오스)라 불리는 최초의 신의 머리글자였기 때문이다. 모든 단어는 그 자체로 유령이다. 모든 어휘의 구성원은 망령들이다. 문학은 지배자를 죽이고, 그의 지배력이 행사되는 도처에서 그 힘을 붕괴시키며, 그로 인해 몰살당한 사람들의 알아보기 힘든 얼굴을 소환한다. 어느 날 테레우스[48]는 필로멜라[49]라는 이름의 젊은 여인의 팔을 잡았다. 그녀를 거

---

48) Tereus: 그리스 신화에 나오는 트라키아의 왕.

49) Philomela: 그리스 신화에 나오는 아테네의 공주. 언니 프로크네의 남편인 테레우스에게 겁탈당하고 혀까지 잘린다. 벙어리가 된 필로멜라는 오두막에 갇혀 지내며 자신의 사연을 옷감에 수놓아 몸종을 시켜 언니 프로크네에게 전했다. 진실을 알게 된 프로크네는 동생을 왕궁으로 불러들인 후 둘이서 복수를 공모했다. 프로크네가 테레우스와의 사이에서 낳은 자신의 아들 이티스를 죽여 그 고기를 테레우스에게 먹였다. 화가 난 테레우스는 도끼를 들고 두 자매를 쫓아다녔다. 그러자 제우스가 필로멜라는 나이팅게일로, 프로크네는 제비로, 테레우스는 매로 변신시켰다고 전해진다.

57

칠게 잡아끌어 제 앞에 내던지고 후려치고 두들겨 패면서 산의 오솔길을 올라갔다. 그녀를 캄캄한 동굴 안으로 밀어 넣었다. 그녀의 튜닉을 벗겼다. 젊은 여인은 온 힘을 다해 비명을 질렀으나 소용없었다. 테레우스는 그녀의 젖가슴을 드러낸 다음에 입을 갖다 대고 물어뜯었다. 수차례에 걸쳐 그는 동굴의 야생 상태, 인적 없음, 냉기, 검은 내벽면을 방어물로 활용했다. 울부짖는 소리에 그는 더욱 대담해졌고, 비명 소리에 욕정은 더욱 불타올랐다. 테레우스가 절정에 다다를 순간, 즉 그녀를 능욕하려는 순간 필로멜라는 이렇게 소리를 질렀다.

"그만, 테레우스! 강제로 날 범하면 당신 아내인 내 언니에게 당신의 만행을 알릴 거야. 우리 아버지에게도 알릴 거야."

이 말을 들은 테레우스는 음경을 음부에서 빼내기는커녕 칼집에서 검을 꺼냈다. 젊은 여인의 턱뼈를 잡아 벌렸고, 앞니와 송곳니들 위로 혀를 강제로 잡아당겼고, 그녀의 혀뿌리를 잘랐다. 이제 아버지의 궁으로 돌아가도 그녀가 아무 말도, 어떤 이야기도 할 수 없게 되자 그는 그제야 그녀 안에 사정射精했다. 일단 아버지의 궁으로 돌아온 필로멜라는 혀가 숨결에 뒤얽히고 입술 끝에 부딪혀 말을 또렷이 할 수 없는 탓에, 계속 시들고 움츠러들고 검게 변해가는 죽은 혀를 손에 쥐고서 자신의 사연을 담아 묵묵히 화포를 짜기 시작했다. 이런 것이 글쓰기다. 모든 사람에게서 동떨어진 곳에서 생겨나는 '침묵하며 말하기'에 앞서 언제나 끔찍한 '함구緘口'가 있는 법이다. 필로멜라는 글쓰기가 죽은 것처럼 보이지만 살아 있는 무엇이라고 마침내 덧붙인다. 모든 말에는 결락vide이 있지만 글자를 통해 드러나는 비밀도 지니고 있다. 그리스어로 Philomèle는 'philo-mèle'로 나뉘어 '노래를 좋아하는 여인'을 의미한다. 문학은 공간에 울리는 목소리가 아니라 영혼의 심층에서 들려오는 목소리, 즉 보이지 않는 것에서 올라오는 목소리를 좋아한다. 말이 없어진 입들은 어떤 음악으로도 부를 수 없는 들리지 않는 노래를 좋아한다. 오직 문맹자의 눈에만 글이 죽은 것으로 비친다. 오직 테레우스의 눈에만 필로멜라가 자신의 검에 의해 벙어리가 된 것으로 보인다. 오직 '비非독자'의 눈에만 글자가 살아 있는 생명으로 보이지 않는다. *Viva vita*(생생한 삶). 죽음 없는 삶. *Vera vita viva*(생생한 진짜 삶). 오롯이 살아 있는 진짜 삶. 네번째이자 마지막 교훈. 문학은 와해된, 가로막힌, 뒤죽박죽인, 침해당한, 신음하는 삶을 그러모아 이야기하는 진짜 삶이다. 그리스어 고어에는 '잘린 혀langue coupée,' 북유럽에는 '봉한 입bouche cousue,' 아시아에는 '물어뜯긴 귀oreille mordue'라는 말이 있다.[50] 이런

---

50) 열거된 표현들은 '비밀을 지켜라/입을 다물라'는 뜻으로 쓰이지만 여기서는

말들이 세상에서 책들이 지닌 최초의 이름이다. 대교황 그레고리오 1세[51]의 기이한 묵상에 따르면, 신이 티베리우스 황제[52] 시대에 에피파니公現에 앞서 이교도의 지옥을 **물어뜯어서**, 헤로데[53]의 통치 시절에 당나귀가 짚을 먹으러 오던 베들레헴의 구유통에 뱉어냈다고 한다. 그런데 신이 지옥을 물어뜯을 때 천국의 일부도 함께 떨어져 나갔다. 당신의 **물어뜯기** *morsure*를 깊이 묵상한 신은 **두번째 시기***second temps*에 이르러 비로소 선택된 자들을 그곳으로 옮겼을 것이다. 그들은 에덴동산에서 사과를 최초로 '**베어 먹었음***morsure*'의 흔적으로 목 한가운데 **목울대**가 뾰족하게 불거진 자들인데, 그 죄로 인해 태초에 굶주린 호기심과 사방팔방에서 들끓는 짐승들의 포효와 성적 욕망의 울부짖음으로 가득한 **생생한 진짜 지옥**에 빠지고 말았다. 나뭇가지에 매달린 열매는 남성의 다리샅에 달린 성기와 마찬가지로, 이 세상에 출현한 최초의 여성의 손을 유혹했다. 그녀는 시선을 잡아끄는 것을 따고 싶은 욕구

책을 지칭하거나 독서에 수반되는 '침묵'의 의미로 쓰였다.

51) Pope Gregorius I(?540~604): 제64대 교황. 기독교 역사상 교황 레오 1세와 더불어 대교황 칭호를 받았다.

52) Tiberius Julius Caesar Augustus(재위 14~37): 로마 제국의 제2대 황제.

53) Herod Antipas(B.C. 20~A.D. 39): 예수가 활동하던 시기에 갈릴리와 페레아의 통치자였다. 세례요한을 처형하고 예수를 십자가에 못 박아 죽인 인물이다.

를 느꼈다. 이런 단순한 욕망이 도둑질의 핵심이기 때문이
다. 자신이 소유하지 못한 것을 타인에게서 취하려는 것이
다. 인간은 기원과 본능의 영향권에서 태어나지 않는다. 문
화, 포착, 함께-포착com-préhension,[54] 타인의 포식捕食, 학습
의 와중에서 태어난다. 그러므로 선재先在하는 세계를 훔쳐
야만 한다. 기존의 것에서 모조리 훔쳤다는 죄의식을 감내해
야 한다. 가령 자신의 성姓이며 이름, 사용하는 모든 단어, 자
신의 가치, 자신의 모델, 의복, 억양, 먹이, 토템, 꿈을 말이
다. 심지어 자신의 **욕망**마저도 훔친 것이다. 그런 식으로 **야
수로 돌변한** 테레우스는 발톱으로 필로멜라의 혀를 붙잡아 입
밖으로 끝까지 잡아 빼고서, 철필stylus의 날로 혀뿌리를 **도려
냈다**extirpée. 고대 로마인들이 사용했던 'excerpere'는 읽으면
서 텍스트를 도려낸다extirper는 말이다. 그것은 뽑아낸 혀만
큼, 추출물의 목록만큼, 천 조각을 잇댄 바느질만큼, 단편들
의 모자이크만큼 책을 만드는 일이다. 그것은 발췌들extracta
로 이루어진 시퀀스의 연속인 대大플리니우스[55]의 작품 전체
이다. 라틴어 'tractata'는 논설들, 즉 연속되는 엄청난 양의
일군의 책들에서 베어내고, 잘라내고, 오려낸 것들을 말한

---

54) compréhension의 원래 의미는 '이해'이다.
55) Gaius Plinius Secundus(23~79): 고대 로마의 박물학자, 정치인, 군인. 자연
  계를 아우르는 백과사전 『박물지』의 저자.

다. 플리니우스는 심지어 폼페이에서, 그의 생애 마지막 날, 나폴리만과 티레니아해를 굽어보는 화산이 폭발하던 날, 비처럼 쏟아지는 화산재 속에서 콜록콜록 기침을 하면서도, 컥컥 숨이 막히는데도, 죽어가면서도, 자신이 읽고 있는 책에서 발췌한 것을 구술했다. 만일 알렉산드리아의 도서관에 비치된 그리스인들의 상서에서 뽑아낼 수 없었다면, 베르길리우스[56]도 단 한 줄의 시도 쓰지 못했을 거라고 고대인들은 말했다.

'texte'라는 단어, 고어로 'textum'이라는 말은 라틴어로 거미가 나뭇가지에 짓는texere 거미줄을 가리킨다. 텍스트는 허공에 떠 있는 포식 장치이다. 그래서 입속에 혀langue[57]가 없는 필로멜라—예전에는 노래를 좋아해서 입에 달고 살았던—는 두 손을 움직여 말이 없는 복수의 천textum을 짠다. 언니에게 전하려고 부지런히 손을 놀려 만들어낸 수수께끼 같은 글이 일단 완성되자, 그것은 테레우스가 그녀를 욕망했고, 후려쳤고, 능욕했고, 신체를 훼손했던 캄캄한 동굴 안에서 그녀가 질렀던 **비명 소리**를 **묵묵히** 이야기한다. 그녀가 짠 이미지는 **자기 혀의 상실**을 설명했다. 언니는 동생이 테레우

---

56) Publius Vergilius Maro(B.C. 70~B.C. 19): 고대 로마의 시인. 『아이네이스』의 저자.
57) '혀'를 뜻하는 langue는 '언어'를 뜻하기도 한다.

스의 강간으로 임신했던 아들[58]을 숯불에 꼬치구이 형태로 익히고 피에 담가 스튜로 만들어 그 아비에게 먹으라고 내놓는다. 테레우스가 묻는다.

"이티스[59]는 어디 있소?"

"intus(내부에). 당신 안에. (내부에.)" 프로크네가 대답한다.

그 즉시 테레우스는 두 손가락을 목구멍에 집어넣어 토해보려고 한다. 조각조각 잘린 제 자식을 조금이라도 뱉어낼 셈이다.

"내가 떠올리는 세계는 어디 있는가?"

"intus."

"필로멜라의 혀는 어디 있는가?"

"intus."

"문학의 세계는 어디 있는가?"

"intus"

intérieur(내부의)는 비교급이다.

intime(내면의)는 최상급이다.

그런 것이 바로 사람들의 내면세계이다.

---

58) 원래 그리스 신화에서는 언니 프로크네가 낳은 아들이 이티스이다.
59) Itys: 그리스 신화에 나오는 테레우스왕의 아들. 어머니 프로크네와 이모 필로메나에게 살해되어, 그 고기가 아버지의 식탁에 차려졌다.

제6장

재의 수요일[1]

재의 수요일에 나는 내가 기숙하던 고등학교의 운동장 네 개를 가로질렀다. 겨울밤, 캄캄한 골목에 위치한 생조제프 성당의 온통 새카만 가죽 문 앞까지 갔다. 문을 밀자 어디선 가 돌연 바람이 불어왔고, 큰길 아래쪽에서 올라오는 곰팡이 냄새, 차디찬 돌에 들러붙은 축축한 향의 파장, 성수반聖手盤 의 찐득한 수반에서는 개구리, 올챙이, 물거미가 서식하는 작은 늪지의 냄새가 풍겼다.

네 계단을 내려갔다.

어느 성당이나 중앙 홀 내부는 늘 희미한 빛에 잠겨 있다.

[1] 사순절이 시작되는 첫번째 날. 가톨릭에서 수요일에 자신의 죄를 참회하는 상징으로 머리에 재를 뿌리는 의식을 행하는데, 이날을 로마 교회에서 공식 적으로 참회의 날로 정해 옷에 재를 뿌린다.

오래된 냄새, 벌어진 두 팔의 냄새, 고통의 냄새, 고사리 냄새, 초석 냄새.

몹시 춥다!

환기가 전혀 되지 않는 기독교 성소의 공기는 매우 특이하고 케케묵었고, 무모하면서 환상적이기도 하다.

이미 늘어선 줄을 따라 나는 합창단석의 철책을 향해 느리게 걸었다. 우리는 제단 쪽으로 나아갔다.

우리들은 각자 계단 위에 무릎을 꿇고 구리 가로대를 손으로 움켜쥐었다.

이마에, 그 아래쪽에, 안경을 걸치는 바로 그곳에, 미지근한 재를 묻힌 엄지손가락으로 사제가 작은 십자를 살짝 그었다.

재의 수요일 내내 십자 표시를 문지르거나 지워버리는 것은 금기였다.

*

그것은 대형 촛대 옆에서 사제가 수천 번이나 재로 슬쩍 그리는 자그만 표시로

두 눈 위에서 간질이는

미지근한

반♀은 이미지 반은 문자

65

반은 십자가 반은 '키' 반은 '타우'였다.

*

그것은 무엇도 못 되는 하찮은 것이었다. 무엇의 탄화炭火이고 흔적이며 화장火葬이었다. 파괴적인 놀라운 몸짓으로 살갗에 그려 넣는 작은 돋을새김으로서, 이마에 재로 표시하는 작은 이미지였다. 사람들로 하여금 출생으로 초래된 장소의 절대적 상실을 떠올리게 하려는 것이다.

역사의 상류에서 에덴동산 밖으로 강제로 추방되었을 때 일어난 본원적 상실에 그들의 육신을 결합시키기 위해서다.

그들은 유성有性의 존재이며, 그렇기 때문에 그들이 상실을 겪었으며, 영원히 그러한 존재로 번식되리라는 사실을 상기시키기 위해서다.

*

"신음하는 사람들의 이마에 재로 타우 자를 그려라. 그러면 그들의 고통이 가라앉을 것이다. 문자 타우는 십자가의 형태로서, 신이 우리를 구원하고자 죽음을 원하시어 기꺼이 그것에 매달리셨기 때문이다. 이마에 타우 자를 표시한 사람

들은 더 이상 테타 자를 두려워할 필요가 없다. 그들은 한 시
간 동안 대천사의 매질을 두려워하지 않아도 좋다."

이것은 에몽[2]이 『에제키엘[3]에 관한 해설』에 쓴 글이다.

---

2) Haymon d'Auxerre(?~?855): 9세기 옥세르(현재 프랑스 지방)의 사제이며
신학자. 수많은 성서 주석과 신학 텍스트를 집필했다.
3) Ezekiel: 『구약성서』의 「에제키엘서」의 저자. 에스겔이라고도 한다. B.C.
597년 바빌론으로 잡혀간 유대인 포로들의 신앙지도자이며 4대 예언자의
한 사람.

제7장

가에타[1]에 내걸린 기기로[2]의 머리

키케로는 로마에서 도주한다. 원로원의 투표로 죽음이 결정되어 집행명령이 떨어졌다. 점괘를 읽은 아르피눔[3]과 라티

1) Gaeta : 이탈리아 라치오주의 도시.
2) Marcus Tullius Cicero(B.C. 106~B.C. 43) : 로마 공화정 말기의 정치가, 철학자, 연설가이며 저술가. 카이사르 사후 제2차 삼두정의 명령에 의해 살해되었다. 플루타르코스의 기록에 따르면, 키케로를 체포하러 호민관 포필리우스, 백부장 헤렌니우스와 병사들이 그의 투스쿨룸 별장에 쳐들어왔을 때, 그는 이미 마차를 타고 오솔길을 따라 바다로 향하고 있었다. 포필리우스는 우회하여 달려갔고, 헤렌니우스는 숲길을 따라갔다. 추격당하는 사실을 알아챈 키케로는 마차를 멈추게 했다. 그는 왼손으로 턱을 만진 채 자신을 죽이러 온 사람들을 둘러보았고, 마차 밖으로 머리를 내밀었다. 헤렌니우스는 그 목을 치고 손마저 잘랐다. 안토니우스를 인신공격하는 글을 작성한 손이라는 이유에서였다. 그의 최후에 관해서는 기록자에 따라 조금씩 차이가 있다.
3) Arpinum : 로마 시대의 옛 지명. 이탈리아 라치오주의 도시로 현재는 아르피노라 불린다.

움[4]의 노인은 서둘러 그날 밤 말을 타고 달린다. 오스티아[5]에서 승선한다. 어둠 속에서 돛이 부풀어 오른다. 키케로는 가에타 해변에서 내린다. 지독하게 추운 날씨다. 12월이다. 그의 두 다리가 흠뻑 젖었다. 튜닉의 아랫자락이 바닷물에 젖어 축축한 채로 해변에서 종종걸음을 친다. 자신의 마차에 올라탄다. 창의 커튼을 내린다. 일행은 포르미아[6] 방면 도로를 황급히 달려간다.

돌연 그를 부르는 목소리가 들린다. 그가 커튼을 젖히고 고개를 내민다. 그의 머리가 포르미아 도로의 포석 위로 소리 없이 떨어진다.

머리가 데굴데굴 구른다.

포필리우스가 검을 칼집에 넣고 나서, 땅바닥에 굴러떨어진 로마 세계에서 가장 위대한 웅변가의 머리를 집어 든다. 피범벅인 머리를 한쪽 팔에 끼고 다시 말에 올라탄다. 안토니우스에게 수급을 갖다 바치자, 그는 두 귀를 잡아 받아 들며 매우 흡족해한다.

---

4) Latium: 고대 로마의 발상지로 이탈리아 중부, 테베레강의 동남부에 있던 옛 왕국.
5) Ostia: 고대 로마의 항구. 테베레(티베리스)강 하구에 위치한다.
6) Formia: 이탈리아 라치오주의 도시.

수에토니우스[7]의 기록에 따르면, 여전히 두 귀로 잡은 머리를 앞뒤로 흔들며 이렇게 혼자 읊조렸다고 한다.

"키케로! 키케로!"

그런데 자기 앞에서 안토니우스가 흔들어대는 수급을 보고서 풀비아[8]는 두려움에 사로잡혔던 것 같다.

그녀는 안토니우스의 손에서 머리를 잡아챘다.

"이게 키케로인가요?"

"그렇습니다." 포필리우스가 대답했다.

그녀는 양손으로 턱을 벌려 늙은 집정관의 내부 세계를 연다. 포필리우스에게 키케로의 활짝 벌어진 턱을 붙잡고 있으라고 명한다. 그리고 죽은 웅변가의 턱 안쪽의 혀에 바늘을 꽂는다. 실을 당겨 혀를 위턱 안쪽에 묶는다. '망자들에게 살아 있는 자들의 세계에서 일어난 일을 발설하지 못하게 해 안토니우스를 향한 죽은 자들의 분노를 저지하기 위해서였다.'

---

7) Gaius Suetonius Tranquillus(?69~?130): 고대 로마 오현제 시대의 정치가이자 전기 작가. 주요 저서 『황제전De vita Caesarum』(8권)은 카이사르로부터 도미티아누스에 이르는 12황제의 전기가 있다.
8) Fulvia: 호민관 클로디우스의 아내였다가, 후에 안토니우스의 아내가 되었다.

*

 그녀는 피가 뚝뚝 흐르는 머리칼을 움켜쥐어 턱의 하악골이 망가진 머리를 들고 있다. Fertur appensum coma caput et defluente sanguine(그녀는 머리칼을 움켜쥐어 머리를 들고 있다). 작가의 임무는 단순해서 두 측면이 있을 뿐이다. 혀를 자르기. 두 입술을 꿰매기.

제8장

Benveniste[1]의 B

구어는 인류를 정의한다. 문어는 그렇지 못하다. 그럼에도 글은 언어학 운명의 결정적 분기점을 이룬다. 그것이 바로 사상가로서의 에밀 뱅베니스트가 생애 말에 마주친 아포리아[2]이다. 한편은 특별한 외침에서 나온 것이 아닌 무의식적이고 포착되지 않으며 보이지도 않는 음성 언어로서, 발화자의 입과 청취자의 귀를 에워싼 공기를 매개로 호흡의 한숨 같은 날숨으로 건네진 소리의 파동이다.

다른 한편은 객관적이고 기호화된 언어로서, 숨결과 소리와 공기로부터 해방되어 침묵하는 사람들의 시선에 놓이거나

---

1) Émile Benveniste(1902~1976): 프랑스의 언어학자.
2) 사유思惟가 궁하여 해법이 없는 난관.

소재에 글자를 기입하는 손을 흔적처럼 뒤따르는 것이다.

보이지 않는 언어의 기호는 글쓰기 작업을 통해 보이는, 말 없는, 알아볼 수 있는, 분자分子적인, 분해 가능한 대상으로 바뀐다.

자율적이고 침묵하는 한 매개체가 독립적이고 소리 나는 다른 매개체로 '달려들어' 난폭하게 그것을 움켜잡는다. 글은 시선에 소리son를 들이미는 동시에 침묵으로 황급히 밀어 넣는다. 기호계(말, 진술, 총 어휘, 문법)는 의미계(생각, 속 마음을 가리키는 언어의 의미, 집필 중인 작품, 모색 중인 의미화 sémantisation) **앞에서** 불쑥 솟아오른다.

*

책에서 철자들이 적힌 행行을 따라 목소리가 기입되는 것을 보는 것은 놀랍게도 신비롭다.

infans(말 못 하는 존재, 즉 18개월이나 두 살까지의 '어린애들') 는 생생한 특유의 외침 안에서 목소리의 표현을 받아들인다. 숨결에 깃든 감정의 메시지를 접수한다. 짐승들처럼 자신들이 음성 기호를 알지 못하는 언어의 온갖 의미에 앞서, 외침이 지시하는 출두 명령을 듣는다.

글 안에서는 이런 **엉뚱한** 원초적인 모음 발성이 늘 노래한다.

글의 행들을 이루는 고풍의, 혹은 그림문자의, 혹은 설형문자의, 혹은 상형문자의 상imago에서는 언제나 소리 없는 야성의 목소리가 나타난다.

*

그러므로 책들은 고요해진 언어의 대양에서 일어나는 파도 같은 것이다. 책들은 포말처럼 솟구친다. 책들은 살아 있는 구어를 묵묵히 독서하는 사람의 몸 안의, 내부의, 가장 깊은 곳의 세계에 죽어서 유령이 된 상태로 묻어서 은닉한다.

그렇게 글에서는 거칠게 손으로 혀를 뽑아냈으므로, 기호가 차츰 목소리를 내면으로 깊숙이 억압한다.

비밀, 지옥, 동굴, 어휘의 감옥, 이런 것들에 대한 일종의 유치留置가 예전의 동물적인 활기찬 포효를 쫓아버렸다.

기호론은 대화론을 아주 멀리 보내버린다. 단지 살아 있는 입을 봉하고 두 귀를 이중으로 닫는 데 그치지 않는다. 소통이나 지시나 명명命名을 **추방한다**.

그런데 문자가 표기된 지면에서 눈은 침묵으로 내려앉은 언어의 유성有聲 체계에 속하는 무엇을 본다. 그것은 **썩은 고기를 먹는 새**, 즉 두 날개를 활짝 펼쳐 먹잇감을 완전히 뒤덮는 소리 없는 맹금류와 같은 것으로, 화체化體3)와 다르지 않다.

헤라클레이토스[4]는 '그것이 불火과 같은 것'이라고 말하는
걸 더 좋아한다.

독자는 책을 읽으며 눈으로 이 불길을 뒤쫓는다. 시선이 의
미형성signifiance을 뒤쫓는다. 의미형성은 공간으로 **나아가고**,
소재를 문자로 변환시켜 보이게 만들고, 문장을 단어들로 분
해하고, 단어를 철자들로 분해하고, 문면文面을 어원 및 암호
와 마술 코드의 총체적 작용으로 분해하고, 접미사를 분리하
고, 접두사를 떼어내고, 이미지를 은유의 내부로 옮긴다.

*

나폴리에서 잠바티스타 델라 포르타[5]는 암실(camera

---

3) 기독교에서 성찬의 빵과 포도주가 예수의 살과 피가 되는 것처럼 어떤 물질
의 다른 물질로의 전환.
4) Heracleitos(?B.C. 540~?B.C. 480): 고대 그리스의 이른바 소크라테스 이
전의 철학자. 만물의 근원을 '불'이라고 주장하고 로고스에 주목했다.
5) Giambattista della Porta(1535~1615): 과학혁명과 개혁 당시 나폴리에 살
았던 이탈리아의 학자이며 극작가. 조반니 바티스타 델라 포르타Giovanni
Battista della Porta라고도 한다.

obscura)을 발명하기에 앞서, 환등기(laterna magica)를 발명하던 때인 1563년에 『문학에 대한 간략한 노트 *De furtivis literarum notis*』를 집필했다.

*

구어 너머로 떠도는 의미형성은 일단 글로 옮겨지면 그것이 글에서 나오는 것처럼 여겨진다. 글을 쓰는 사람도 그것이 단지 이동에 따른 것임을 인지하지 못한다.

쓰여진 자국 위에서 부유하는 이런 기이한 의미형성은 소위 '경전을 지닌' 종교들[6]에서 사람들이 '**신**'이라 부르는 것을 가리킨다.

모든 것의 '의미형성성significabilité'이 모든 것을 이긴다. 그것은 내면의 마음에 떠오르고, 글을 쓰는 손 위로 떠오르듯이 기도하는 손 위로 떠오른다.

그것은 또한 두개골에 감싸인 채 생각하는 머리 위로 떠올라 이마와 머리칼을 에워싸고, 머리를 환히 비추고, 차츰 개인의 경험과 사회의 역사, 그리고 특히 자연의 놀라운 에피

---

6) 경전(코란, 성경)을 지닌 서양의 3대 종교(이슬람교, 유대교, 기독교)를 가리킨다.

파니를 포함한 인간 세계의 모든 것을 설명하는 방식으로 나타난다.

*

문인들이 영위하는 특이한 삶을 이해하고 싶다면 이 점을 힘주어 강조할 필요가 있다. 즉 글은 구어를 지배하는 체계와 기호학적으로 **다른** 체계라는 사실이다. 구어란 언제나 그룹에 의해 그룹 전체에게 전수된 것이다.

문어의 기호들은 구어의 기호들에 예민하지 않다. 전자의 고안물은 드물며 그것의 학습 또한 별개이다.

구어의 기표들은 글의 기표들이 아니다.

우리는 동일한 하나의 구어를 수많은 상이한 문어로 옮겨 적을 수 있다. 문어는 **제각기** 자신의 **부적절한**, 유희적인, 기발한, 역사적인, 독자적인 방식에 따라 구어를 다룬다. 글이 쓰인 지면은 소리의 파장을 옮기지 못한다. 하지만 긁어낸 동물 가죽에, 갑각에, 뒤집은 나무껍질의 순결한 속살에, 굽기 전의 벽돌에, 연잎에, 라이스페이퍼에 나열된 각각의 이미지는 보이지 않는 것을 오랜 학습의 결과로 고정시켜 보이게 만든다. 글은 '너머로–옮기고trans-porte' '가로질러–옮기고trans-fère' '은유로–표현하고méta-phorise' '잡아당기고tire' '끌어당기고attire' '묶고noue' '붙잡아 매고attache' '못질한다cloue.' 글은

77

결코 숨결과 동시적이 아니며, 자음으로도 모음으로도 노래하지 않는다. 글은 자신이 숨결을 쫓아버린 영혼을 끌어당기고, 포착하고, 그의 세계를 인도한다.

글은 자신이 환기하는 것에 대해 기록하는 바와 다른 것을 끊임없이 추구한다.

글은 절대 읽지 않는다. 언제나 생각한다.

*

그렇기 때문에 구어는 글이 전혀 옮길 수 없는 음운론 체계이다. 2012년 조너선 그레인저[7]는 복잡한 관습화 실험으로 아프리카 기니의 원숭이들도 철자의 오류를 분별할 수 있음을 보여주었고, 그 사실로 글의 코드가 그들이 이해할 수 없는 언어 체계와 아무런 관련이 없다는 것을 증명했다.

글의 세계는 인간의 파롤[8]의 세계와 별개이다.

말하기, 읽기, 쓰기는 서로 별개의 **세 가지** 경험이다.

구어를 침묵하게 하는 것은 큰 소리로 글을 읽는 것과 전혀

---

7) Jonathan Grainger(1956~   ): 영국 태생의 인지심리학자이며 저술가. 프랑스 엑스-마르세유 대학 LPC(Laboratoire de Psychologie Cognitive)의 과학자로 활동 중이다.

8) 언어학 용어로 개인이 발화하는 언어.

무관하다. 구어의 장치와 문어의 장치를 대조해볼 필요가 있다. 전자는 보이지 않는 대기 중에서 한 사람은 입을 벌려 말하고, 다른 한 사람은 귀로 듣는 역할을 차례로 바꿔가는(나je와 너tu가 번갈아 교체되는) 두 사람 사이에서 이루어지는 대화인 데 반해, 후자는 대화를 중단하고 대기의 매개를 해체하고 윤곽만 남겨, 혼자 꿈을 꾸는 사람이 그렇듯이 **오직 자신의 시선과 주고받는** 활동이다. 글에서는 묵묵히 진행되는 언어 자체에 대한 언어 작업의 객관화가 파롤의 외부에서 스스로에게 말을 건네는 파롤을 드러낸다.

따라서 문법은 '파롤의 밖hors-parole,' 글, 상대방의 시선을 보며 말하는 행위로부터 이탈, 입에서 귀로 전달되며 흐르는 소리의 응고, 나je와 너tu의 기능이 교체되는 화자와 청자 간의 대화에서 파롤을 주고받는 양극의 불일치, 이러한 것들을 전제로 한다.

요컨대 외면의 의도적 글에서 내면의 고독한 성찰을 분간할 줄 알아야 한다. 청자가 부재하게 된 언어의 이러한 심리적 연쇄 고리가 사고思考라 부르는 것이다.

사고는 언어에 감염된 '맹아萌芽 상태의 생각'과 다르지 않다.

사고는 사색의 어떤 단계에서, 은유의 어떤 단계에서, 비상의 단계에서, 현기증의 단계에서 글을 전제로 한다.

*

문인들의 삶은 사고하지만 그들의 사고는 그렇지 않다.

*

문자 기호는 언제나 거울처럼 되비치는 지시대상(기원에 있는 이미지의 오래된 그림자)을 가리키지 절대로 언어 기호('기표/기의'라는 이항대립의 체계는 '화자/청자'라는 대화의 대립에서도 나타난다)를 직접 가리키지 않기 때문에, 새로운 표기법이 나타날 때마다 우리는 그것이 어떻게 창안되었는지 알지 못한다. 에밀 뱅베니스트의 마지막 강의들에는 이런 사실이 과감하고 탁월하게 표명되어 있다. 즉 목록에 오른 모든 경우에, 특별한 언어 내부에 특별한 표기법의 발명을 위한 토양이 조성되면, 한 번도 본 적 없는 글이 공간으로 솟아올라 (끊임없이 무질서해지고, 질서나 질서의 힘을 진화시켜 그것을 오도하는 모든 것을 통합하려는 구어의 체계와는 반대로) 더 이상 움직이지 않는다는 것이다.

문자 기호는 돌연한 성숙의 열매들이다.

이집트의 상형문자는 즉시 그것들 자신이 된다. 아메리카

인디언이 상용하는 문자는 그대로 굳어진다. 중국이나 수메르의 문자들도 이를테면 고정불변이다. 유럽의 알파벳에서 a, A, b, B, c, C, d, D라는 문자들은 3천 년이 지난 후에도 고대 그리스의 붉은 항아리 측면에 흰색으로 칠해져 갸우뚱거리는 문자들, 혹은 석관 판석에 새기듯 더 깊이 새긴 것이든 선으로만 그은 것이든 에트루리아인의 문자들과 동일하다. 구어는 글이 알지 못하는 변모를 겪는다.

제9장

문학이라는 말에는 기원이 없다

1969년 3월 17일 에밀 뱅베니스트는 실어증에 걸리기에 앞서[1] 콜레주드프랑스[2]에서 마지막 강의를 했다.

그는 갑자기 이런 말을 한다. "문학이라는 말에는 기원이 없습니다."

그리고 덧붙인다. "littera[3]라는 말이 어디서 파생되었는지 아는 게 결정적일 테지요."

1) 마지막 강의 이후에 뇌졸중에 걸려 말을 하지 못하게 되었다.
2) Collège de France: 1530년에 창립된 프랑스의 국립 고등 교육기관.
3) 라틴어로 글자, 문자, 자모字母 등을 의미한다.

*

그와 마찬가지로 현재 유럽의 거의 전 지역에서 *inscription*(기입)을 **뜻하는 말의** *inscription*(글자)은 미스터리로 남아 있다.

우리는 미스터리와 마주한 입문자이다.

우리가 평생을 바치는 이 말은 하나의 수수께끼다.

아무도 무엇인지 알지 못하는 말, 그것이 바로 *littérature*(문학)이다.

'litteratura'라는 단어의 기원을 기억하지 못하는 탓에, 고대 로마인들은 스스로도 그다지 납득하지 못하는 말의 유희로 얼버무리곤 했다.

헤시키오스[4]는 라틴어 명사의 복수형 litterae(글자들)가 그리스어 명사의 복수형 diphtherai(살가죽)의 변형일 것이라고 말했다. 그리스어 diphthera의 어근은 무두질해 매끈하게 만든 가죽을 가리키지만 복수일 경우에는 더 폭넓은 의미로 서로 묶여 연결된 채로 열고 닫히는 2장 접이의 서판書板을 가리킨다.

---

4) Hesychius of Alexandria: 5세기 혹은 6세기 초 그리스의 문법학자. 작가들의 작품에서 특이하고 모호한 단어들을 발췌하여 풍부한 어휘들을 편집했다.

세계의 모든 '이미지' 뒤에는 오직 두 개의 '이마고,'[5] 즉 암컷 성기와 수컷 성기가 있을 뿐이다.

한편 음경과 음문은 자연에서는 서로 **다르지만**, 언어에서는 **서로 대립한다**.

*diphtherai chalkai*를 좀더 정확히 말하면 고대 그리스 주술사들이 옭아매거나 저주할 때 둘을 겹쳐 고정시키는 **청동판**을 가리킨다. 헤시키오스는 그리스어 diphtherai가 에트루리아어 ditterae로 넘어가고 마침내 라틴어 litterae에 이르렀다는 가설을 제시했다. 에트루리아어 *ditterae*는 입증될 필요가 있었다. 하지만 전혀 검증되지 않았다. 자료로써 뒷받침되지 않은 유래는 한낱 꿈에 지나지 않는다.

*

인간에게는 일체성이 없다. 상이한 두 성性이 결코 일원화되지 않으면서 일시적으로 서로 끼워 맞춰지는 순간 상이한 두 성을 재생산하기 때문이다. 그러므로 남성 개개인은 물결이 빠져나가고 남은 기슭이다. 여성 개개인은 기슭인 동시에

---

5) 정신분석에서 말하는 원상原象으로 자기 표상 혹은 대상 표상을 의미하기도 한다. 원상은 타인을 지각하는 과정에 포함된 여과 장치 혹은 기대치로 기능한다. 즉 타인을 어떻게 지각할 것인가를 결정한다.

만灣이다. 여성 혼자만 두 성의 번식물을 지니기 때문이다. 라틴어 litus(해안)는 대양의 가장자리에 뻗어 있는 기슭을 뜻한다. 프랑스어 littérature(문학)는 언어의 경계를 이루는 연안일 것이다. 집필된 모든 책의 안전한 도피처인 도서관은 간만의 차이로 바다에 드러난 모래밭일 것이다. 그러므로 표류물, 조개껍질, 갑오징어, 불가사리, 발자취, 조가비, 익사체, 쓰레기, 갈라진 뱃머리, 부서진 선미船尾, 녹슨 낡은 철모, 동전, 글을 써넣고 밀봉해 바다에 던진 병, 그림문자, 보물, 이런 것들이 잔뜩 널려 있으리라.

그런데 라틴어 참조는 그저 말장난에 불과하다.

litoralis(연안의), le littoral(연안)은 litteralis(문자의)에 비해 le littéral(문자)의 의미를 지니고 있지 않기 때문이다.

이미지가 머리에 떠오르는 것은 어쩔 수 없지만 그저 의미없는 이미지일 뿐이다.

이미지는 언제나 유령이다.

litorarius(해안의)가 제방과 나무들이 심어진 연안과 관련 있다면 litterarius(문자의)는 동굴의 방해석 내벽이나 흔히 대리석 재질인 석관의 흰 바탕에 대략적으로 새겨진 글자나 윤곽과 관련 있다.

*

    짧게 떼어낸 *lit-*(lit-térature라는 단어 가운데서 일차적 핵심으로 반드시 보존해야 하는)에는 줄을 그어 지우기, 도려내기, 말소하기의 의미로 완벽하게 입증된 litura[6]가 들어 있다. litera[7]와 litura는 매우 비슷한 단어들이다. 키케로는 liturarii를 복사facsimile라고 명명함으로써 그것이 글자들(litterae)과 삭제들(liturae)의 모방(adsimulationes)임을 분명히 밝히고 있다.

    로마인들은 작가의 자필 초고를 libri liturarii[8]라고 부른다.

    우리가 '수사본manuscrits'이라 부르는 것을 그들은 '교열본 livres de ratures'이라고 한다.

    공화정 말에 libri liturarii는 librarius(서적 상인)가 전사하고, 그리스 교정자들이 교정한 다음에 수집가들에게 판매되었다. 이런 사실은 고대 로마인들이 litura와 litera를 전혀 혼동하지 않았음을 입증한다. 하물며 두 단어를 계속해서 나란

---

6) 글자를 뭉개서 지우거나 밑칠을 다시 함, 혹은 (글씨 쓸 때의) 얼룩, 번진 오점 등의 의미이다.
7) 라틴어로 글자, 문자, 자모字母 등을 의미한다. littera라고도 쓴다.
8) '고친 흔적들이 있는 책'을 가리킨다.

히 거명하기까지 한다. litura는 lino(덧칠하다, 씌우다, 덮다, 글을 덮어쓰다, 선을 긋다)에서 유래한다. lino라는 동사가 로마인들의 입에 자주 오르내리는 이유는 유독 로마식 덧칠 방식과 관련 있기 때문이다. 로마에서는 회양목 서판이 살짝 파이면 흠집에 미지근한 밀랍을 한 겹 얇게 덧입힌다. 일단 편편해진 서판이 마르면, stylus라 부르는 동銅필이나 철필로 서판 위에 한 자씩 간격을 띄어 글자를 써서 새긴다. '뾰족한 끝(sti-lus)'이 밀랍으로 덮인 표면을 '찍어낸다(sti-ngo).' 지울 때는 stylus를 거꾸로 뒤집어서 금속 날의 판판한 부분으로 가구 표면의 밀랍에 쓰인 글씨를 지운다. 의심의 여지없이 마술 서판이다. 이것은 전혀 삭제가 아니다. 지우기는 삭제하기가 아니다. 삭제란 자국의 외관을 없애려고 자국을 도려내는 것이다. 최초의 삭제는 가장 오래된 구석기 시대의 동굴 내벽면에 나타나 있다. 유럽의 동굴에 난 곰의 할퀸 자국들을 긁어낸 인간의 손톱자국들이 그러하다. 혹은 고대 중국에 나타난 새의 발톱자국들, 혹은 세월에 앞서 in futuro(미래에) 일어날 일l'à-venir을 말해주는 거북이 등껍질에 난 균열된 선들도 그러하다.

이곳 로마에서는, 아주 정확히 말해 먼저 생긴 자국을 뭉갤 수 있게 밀랍을 매끄럽게 입히는 것이 관건이다.

조수潮水는 밀물로 돌아와, 모래사장에 난 발자국들을 모조리 지워버렸다.

매끄럽게 하기는 글쓰기와 전혀 다르다.

그렇긴 하지만 —내가 보기에— 본질적으로 로마적인 두 관행인 '회양목 서판에 밀랍을 칠하기'와 '죽은 사람의 얼굴에 밀랍을 바르기'는 얼마나 흡사하고 놀라운 방식인지 모른나. 첫번째 방식은 글자에 이르는데, 그것이 littera이다. 두번째 방식은 이미지에 이르는데, 그것이 imago이다.

*

수에토니우스의 책에 이런 일화가 있다. 궁정의 한 신하가 클라우디우스 황제에게 한 측근의 구명을 요청한다. 그 측근은 황제의 친족이었다. 황제는 자신이 예전에 그리워했던 이 사람의 이름 앞에 방금 기입된 테타 자('죽여라!'라는 기호, Thanatos의 머리글자)를 말소하는 데 동의한다. 그는 소송 사건 목록을 집어 들고, stylus를 쥐고, 사형수의 이름과 그 앞에 쓰인 글자에 줄을 긋는다. 그런데 수에토니우스는 이렇게 기록한다. "그때 황제가 이렇게 선언했다. '그래도 말소의 흔적은 남기도록 하라!'"

Litura tamen extet!

이름에 그은 줄은 남기라! 할퀸 상처에 그 '황홀경'의 무엇

은 남기라! 내 손의 그림자 아래 먹잇감은 남기라! 죽음에 그
은 마지막 선은 남기라!

*

포착 불가능한 먹잇감에 내 삶을 바치게 될 터인즉
그것의 이름에는 아무런 의미도,
쓰임새도, 기능도, 의도도, 기원도, 목표도 없다.

제10장

중국의 새들

중국인들은 새들의 발에서 서체를 훔쳤다.

*

고대 중국의 시인들은 우리에게 구름과 맞닿은 산봉우리에 기거하는 은자의 삶을 꿈꾸게 할 뿐이었다. 고요한 연못 한가운데서 낚싯대를 쥐고 작은 배에 앉아 상상의 낚시를 꿈꾸게 할 뿐이었다. 그들의 시는 자전적인 것이 아니었다. 혹시 그럴지라도 대체로 약속이나 진배없는 몽상으로서 그러했다. 그것은 그만큼 가상의 은둔이었고, 그런 상상을 하며 그들은 저녁마다 자신의 내면 깊숙이에 은둔하기를 즐겼다. 하지만 그들은 아직 지역 사무실에서 밤까지 일을 해야 하는 처지였다. 그들은 근무시간에 술 한 잔을 손에 들고서 이런 이미지를, 수채화를, 몽상을 훔쳤다. 그들이 문득 쓰게 된 숭고한 시들은 기도와도 같았다. 무념무상으로 충만한 고독, 발자취가 나지 않은 눈밭, 사람 목소리가 나지 않는 드넓은 공간, 갈대밭이나 수련들 사이에 남겨진 텅 빈 작은 배들, 교교한 달빛 속에서 날아오르는 올빼미의 폭넓은 비상, 허공 바로 위의 청정한 하늘로 퍼지는 맹금들—이 모든 것은 꿈이고, 경이로운 인용이고, 물신物神이고, 추억이었다.

*

T. S. 엘리엇의 말이다. "미숙한 시인들은 모방한다. 원숙한 시인들은 훔친다."

*

새들은 난다volent.[1]
날개를 격렬하게 퍼덕여서 공중을 날며 기류를 극복하기에 이른다.

---

[1] voler에는 '날다' 외에 '훔치다'의 의미도 있다.

혹은 떠다닌다. 대기의 흐름에 자신을 맡긴다. 바람의 상 승기류를 이용하여 높이 올라가고 활상한다.

혹은 자맥질하고, 황급히 달려들고, 급강하고, 공기를 뚫고, 작은 포유동물을 포획하고 옭아맨다.

혹은 위엄 있게, 이를테면 요지부동으로, 산꼭대기 위의 허공에서, 앞에서 불어오는 맞바람에 맞서 상류로 달려들며 버틴다.

꿈 자체도 난다vole.

꿈에서는 새, 사람, 야수가 잃어버린 날의 추억 여기저기 서 이미지를 주워 모은다.

*

시조새의 나이는 1억 5천만 살이다.

부리에는 아직도 이빨들이 있다. 등에는 이미 깃털들이 나 있다.

모이를 쪼지도 날지도 않는 새다.

그것은 미쳐버린 악어처럼 네 발로 나아가는 이름 없는 존 재이다.

*

　매사냥꾼이 프랑크 영주든, 카롤링거 영주든, 아랍 영주든 간에 매에게 씌운 머리덮개를 벗기고 나서 매에게 연이어 세 차례 눈을 끔벅이면, 매는 위로 높이 날아오르길 멈추고 야생 상태의 자연에서 혼자 사냥한다.

　루트비히[2]가, 카롤루스 대제[3]가, 샤리아르왕[4]이 그랬다.

*

　신 자신도 이 세상을 세 차례 재발견했다.

　출생의 순간 소의 시선 아래 놓인 구유에서.

　사탄이 부추긴 사막에서, 절벽 꼭대기에서, 극심한 현기증에 시달릴 때,

　마지막으로 거대한 바윗돌을 밀어내 죽음에서 벗어난 그는 어깨에 삽을 짊어진 채 자연을 정원의 모습으로 재발견했다.

---

2) 동명同名의 프랑크 영주만도 여러 명(1,2,3,4세)이므로 누구를 지칭하는지 확실하지 않다.
3) Karolus Magnus(?742~814): 샤를마뉴 대제로 알려진 프랑크 왕국의 국왕.
4) Chahriar(혹은 Shahryar):『천일야화』에 나오는 왕. 그런데 그는 아랍인이 아니라 페르시아인이다.

그가 죽음에서 벗어난 것은 회한regret에 의해서—유아기의 조난에서 노예의 처형까지 갔던 역행regressus에 의해서—이다.

그런데 비록 죽음을 모면했지만 **말씀** 자체, **로고스** 자체는 죽음의 침묵을 피하지 못했다.

오 언어여, 너는 상실 안에서 모든 것을 둘로 나누는구나. 그리고 고통이여, 너 역시 침묵과 독서 안에서 **두 곱이 되는** 언어로구나!

제11장

어린애란 무엇인가?

어린애란 무엇인가? 우선 도둑이고, 그리고 범죄자다.

상징세계 전체를 훔치고, 그러고 나서 아버지를 살해한다.

우리들 각자는 **자신이 말하는 모든 언어**를 훔쳤다.

언어를 자기 것으로 취해서 일단 말을 하게 되면, **자신의 영혼을 훔쳤다**고 믿는다. 말을 하는 사람은 자신이 언어에서 파롤을 취하는 ego라고 믿는다.

나는 스스로가 그녀들 자신이라 여기는 여자들을 알았다.

나는 스스로가 이름을 날린다고 여기는 남자들도 보았다. 그런데 현실에서 이름이 뭐란 말인가? 문장 앞에 나오는 짧은 단어인 ego란 대체 무엇인가? 노래하는 새 한 마리에도 훨씬 못 미친다.

*

밤夜은 매일 훔친다. 낮을 훔친다. 시간도 역시 도둑이다. 살아 있는 존재를 해치워 그 형체를 흙이나 불에 용해한다. 매장 혹은 화장火葬으로. 하지만 전형적인 도둑은 언어이다. 훔치는 것을 절대 돌려주지 않으며 무엇이든 모조리 훔치기 때문이다. 세상을 집어삼키고 비명 소리의 토막들을 뱉어낼 뿐이다. 세상의 강압적이며 관능적인 탈취에서 오감을 빼앗고, 음소音素들의 포착하기 어려운 구름으로 세상을 대체한다.

*

마침내 글은 자신이 '부르짖는' 모든 것을 언어에서 훔치기에 이른다. 스테판 말라르메가 "묵묵히 혹은 문학적으로"라고 쓸 때, 그 둘은 그에게 동일한 것이다.

*

'동류시하기assimiler'는 이미 '유사한 것similis'의 탐욕에 사로잡혀 있다.

문법학자 퀸틸리아누스[1]라면 라틴어 동사 'adsimulari(비슷하게 만들기)'보다 의당 'suum facere(제 것으로 취하기)'라는 표현을 선호할 것이다.

'동일자를 복사하기'나 '다른 것이 되기'가 아니라, 저 자신이 아닌 무엇을 '제 것으로 만들기'의 문제이다.

이런 의미에서 자기soi 안에 '자기soi'는 없고, 몸에 맞게 '제 것으로 만들기'가 있을 뿐이다.

독서는 합병한다.

문학인의 경우에는 유년기(infans[2])는 구어를 가로채고, 기존의 모든 생각을 섭취하고, 찾아낸 모든 것을 집어삼키고, 글로 쓰인 것을 모조리 먹어치운다)보다 **두 배로 더** 훔쳐야 한다. 직업으로 혹은 목적이 있어 글을 쓰는 게 아니라면, 글쓰기라는 단순한 작업은 눈에 보이지 않는 베일을 걷어내고, 들려오는 소리를 약화시키고, 구어의 불가시성不可視性을 납작한 기름등 잔불로 밝히듯 환히 드러낸다. 이런 (시베리아인, 일본인, 로마인, 에스키모인들이 사용하는) 납작한 기름등잔은 삶의 중심부에 글자들을 기입하는 stylus(철필)의 촉에 가장 가깝게 접근한다. 즉 두 눈과 손가락들 사이에.

---

1) Marcus Fabius Quintilianus(?35~?100): 로마 제국의 수사학자.
2) '말 못 하는 유아'를 가리키는 라틴어.

*

그는 두 눈과 손가락들 사이에서 살았다.

*

침실의 칠흑 같은 어둠 속에서 자신이 느끼는 쾌락의 근원을 보려고 프시케[3]가 몰래 집어드는 작은 기름등잔.

기름 한 방울만 살짝 떨어져도 에로스가 완전히 잠을 깨어 날갯짓 한 번으로 이 세계를 떠나게 할 수 있는 작은 기름등잔.

3) Psyche: 그리스(로마) 신화에 나오는 에로스(큐피드)의 연인. 금기를 어기고 프시케는 등잔불을 밝혀 잠든 연인의 모습을 보다가, 등잔의 기름이 연인의 어깨에 떨어지는 바람에 연인을 잃게 된다. 보통명사로 쓰이면 '영혼, 정신, 마음'을 뜻한다.

제12장

Litterarum amor(문자 애호)

libellus(소책자). petit livre(소책자). libellule(잠자리). 여기서 어원은 분명하다.

psychè. libellula(잠자리). 죽은 자들의 입에서 나오는 petit papillon(작은 나방). 그런데 영혼은 대체 어떤 번데기에서, 어떤 변태變態에서 이런 소리 없는 실행 방식을 도용했을까? 'litteratura(자모)'를 제 것으로 만들었을까?

*

11세기 일본에서는 모든 이에게서 동떨어진 키초(두꺼운 커튼)[1] 뒤에서 생선기름으로(대양의 추억으로) 등잔불을 밝히고 책을 읽는 독서 열풍이 생겨났다. 황궁에서 추방된 여인들이 쓴 수많은 일기(하나같이 다른 것들보다 숭고한)가 갑자기 쏟아져 나왔다. 과거에 사로잡혀 은밀하게 홀로 지내는 여인들은 쾌락의 추억을 글로 쓰며 다시금 쾌락을 누린다. 사랑의 흔적을 기록하며 다시금 사랑한다.

*

Litterarum amor, 문자 애호는 육신을 잊게 한다(facit neglegentem corporis).

궁에서 쫓겨난 여자, 사회에서 물러난 남자, 이들은 분주함(neg-otium)에서 여가(otium)를 훔친다.

*

기이한 무위無爲 속에서 문인은 무한한 무언가에 몰입한다.

기이한 자유 속에서 자기 자신을 낳는다.

점차 제 이름을 고안해낸다. 저 자신의 기원의 암호로 변한다.

---

1) きちょう(几帳): 침전건물의 실내 세간도구로 칸막이나 가리개로 사용하는 병장구屛障具를 가리킨다.

자크 라캉[2]의 말이다. "정신분석은 결국 '글쓰기의 향유'보다 더 많은 것을 바랄 수 없다." 라캉은 마르그리트 뒤라스[3]에 대해 말한다. 아빌라의 성녀 테레사[4]에 대해 말한다. '공허한 삶과 묘사할 수 없는 대상과의 과묵한 결혼'에 대해 말한다.

*

소위 '아웃사이더 아트'에서, 소위 '창조자'는, 소위 미친 여자거나 미친 남자이다. 대중이나 보는 시선도 없다.

간혹 그런 여자는 혼자일 때도 자신이 열정적으로 하고 있는 무언가를 숨긴다. 약을 가지고 방에 들어오는 간호사나 의사에게도 보여주지 않는다. 본능적으로 그것을 팔로 가린다.

그런 남자 역시, 그가 하는 무엇은, 그저 그것을 하기 위해 하는 것일 뿐이다.

다람쥐가 흙을 파서 뭔가를 숨기고 곧 잊어버리는 것과 마찬가지다.

2) Jacques Lacan(1901~1981): 프랑스의 철학자, 정신분석학자. 언어를 통해 인간의 욕망을 분석하는 이론을 정립하여 '프로이트의 계승자'로 평가받는다.
3) Marguerite Duras(1914~1996): 프랑스의 작가이며 영화감독.
4) 에스파냐 아빌라에서 태어난 가톨릭교회의 성녀. 테레사 데 헤수스Teresa de Jesús라고도 한다.

*

훔치기, 그것은 타인을 **열기**이다.

대문의 사슬을 떼어내기이다.

성벽에 구멍들을 뚫기이다.

어둠 속에서, 침묵 속에서, 그는 타인에게서 자신의 *autre*(타인)를 취한다.

잃어버린 대상을 되찾고자 타인의 육체의 **금기**를 범한다.

*

에덴동산 시절부터 보아온 이상한 뱀.

손가락들을 그러모아 움켜 쥔 만년필이라는 조용하고 기이한 배꼽.

검은 베이클라이트[5] 재질의 작은 관篏은 사라진 무엇에서 그것이 부재하는 글자로 옮겨간다.

그런 것이 사라진 대상과의 **접촉**이다.

사랑, 침묵, 글은 현실세계에서 접촉을 필요로 한다.

5) 합성수지의 일종.

블레즈 파스칼은 말들이 죽고 마차가 부서지는 사고로 죽음의 아찔함을 경험한 다음 날, 입고 있던 푸르푸앵[6] 안감에 회상록을 베껴 쓴 양피지 조각을 대고 꿰맸다.[7] 자기 자신과 항상 접촉하기 위해서였다. 원본 회상록은 1654년 11월 23일 월요일 밤이 끝나갈 즈음 열기에 휩싸여 그가 종이에 기록한 것이다. 이 종이는 그의 영혼이었다.

*

자신이 쓴 첫번째 책을 손에 쥐는 기쁨은 강렬하다. 라파예트 부인[8]은 1662년 8월 말에 출간된 작은 책『몽팡시에 공

---

6) 옛날에 입던 (몸에 꼭 끼는) 남자용 상의.

7) 파스칼은 31세 때인 1654년 11월 23일 밤 10시 30분부터 24일 12시 30분까지 회상록을 기록했다. 이 밤은 '불의 밤la nuit de feu'으로 불린다. 하느님의 구원의 빛으로 거듭나고, 인생 행로의 전환점이 된 밤의 경험을 잊지 않을 목적으로, 그는 회상록을 쓴 다음에 그것을 다시 양피지에 베껴서 웃옷 안감에 꿰매 붙였다. 옷을 갈아입을 때마다 양피지도 다시 꿰매 붙였다고 한다. 종이에 쓴 회상록의 원본은 현재 프랑스 국립도서관에 남아 있지만 양피지에 베낀 사본은 분실되었다. 회상록은 몇 문단에 불과해 기도문처럼 매우 짧다. "아브라함의 하느님, 이삭의 하느님, 야곱의 하느님은 철학자나 학자들의 하느님이 아니다"로 시작해서 〔……〕 "나는 주의 말씀을 잊지 않으리라. 아멘"으로 끝난다.

8) Madame de La Fayette(1634~1693): 프랑스의 소설가. 대표작『클레브 공작 부인』은 심리소설을 창시한 걸작으로 꼽힌다.

작 부인*La princesse de Montpensier*』의 가죽 장정 제본을 만질 때
느끼는 기쁨을 메나주[9]에게 보내는 편지에 표명한다. 그녀는
네 부, 또 여섯 부, 그러고 나서 열두 부를 더 요청했는데, 어
루만지는 행복을 누리기 위해서였다. 얼마나 보드라운지! 기
적처럼 늘어나는 책의 부수에 대단한 만족감을 느끼지만 자
기도취적 기쁨은 전혀 아니다. 그녀는 책에 서명을 하지도[10]
글의 대가를 요구하지도 않았기 때문이다. 이 기쁨은 개인적
인 것이라기보다는 훨씬 더 오래되고 유아적이며 성적인 것
이다. 자신의 첫번째 책을 만짐으로써 얼굴의 형태를 빌리지
않은 자신으로 회귀하게 되기 때문이다. 순수한 용기容器의
기쁨. 순수한 용기를 만지는 기쁨. 그것은 자궁의 기쁨이다.
최초의 왕국의 기쁨. 대기大氣 이전의, 구멍들 이전의, 몸이
둘로 분리되기 이전의, 지시된 것들과 의미 부여된 이름들
이전의, 태양 이전의 기쁨. 토로되지 않은 무언의 기쁨. 오롯
이 자신에게로 향해진 자신이 된 기쁨. 출생과 더불어 생겨
난 현실 자체에 앞선 기쁨. 절대적 완전성의 기쁨. 말들보다
더 오래된 기쁨이 있기 때문이다. 말들은 자신이 환기하는

---

9) Gilles Ménage(1613~1692) : 프랑스의 문법학자, 문학비평가, 저술가. 라파
예트 부인이 위의 책을 출간할 당시 의견을 교환하고 원고를 교정하는 등 많
은 도움을 주었다.
10) 익명으로 출간되었다.

무엇을 파괴하고, 자신이 잃어버린 무엇을 그것의 초라한 허울로 소리쳐 부를 뿐이다. 출생보다 더 오래된 기쁨이 있기 때문이다. 출생은 기쁨이 아니다.

제13장

에페수스[1]의 헤라클레이토스

나는 감히 이렇게 말한다. 글의 발명이 불의 발견보다 더 중요한 것이라고. 그야말로 인간의 혁명이라고. 구어의 표기법은 어느 것이나 인간 집단의 심장이라 할 집단의 언어를 객관화시켰다는 점에서 '의인화' 혁명이었다. 헤라클레이토스는 서양 최초의 책을 에페수스에 있는 사냥의 여신 디아나의 신전으로 가져갔다. 그리고 더 옛날에는 동물의 **지배자**였던 야생의 여신에게 바쳤다. 입에서 귀로 전해질 뿐 눈에 보이지 않던 것이 손을 얻게 되었고, 사냥에서 짐승이나 죽이던 손이 지금껏 불안에 떨며 야수들을 노리던 시선 아래 놓이게 되었다. 구어는 개개인을 공동체 집단에게 이어주는 역할에

---

1) Ephesus: 터키의 이즈미르주에 있는 고대 그리스의 식민도시.

서 멀어졌고, 아주 조그만 창檜의 벼린 끝에 나타냈고, 인간의 가장 아름다운 얼굴로서 맞섰고, 자연과 삶의 야생 세계의 최악의 적으로 드러났다.

*

프로메테우스는 하늘에서 불을 훔쳐 인간에게 주었다. 헤라클레이토스는 공중에서 언어를 훔쳐 글 속에 묻었다.

철학이 생겨나기 훨씬 이전에, 아시아의 샤먼인 그는 우리 **역사**상, 적어도 세상의 서쪽에 위치한 서양 **역사**상 최초의 문인이다.

어느 문인(fur[2])도 죽은 문인들—세계의 상류를 이루는 모든 망자들—에게서 그들의 탐구가 묻힌 글을 훔쳤다.

*

아주 어리고, 작고, 혀짤배기소리를 내며, 울고, 떠듬거리고, 야릇하게 말하던 당신 자신을 떠올려보시라. 당신은 눈을 뜨고, 고개를 들고, 듣고, 이름으로 불리고, 그 이름에 자

2) 34쪽 참조.

신도 참여하고, 남에게서 부여받은 이름을 둘러싼 비틀리고 꼬이는 별명이며 말장난의 속박을 받는다. 당신은 언어가, 반복하지 않더라도, 표현하고 지시하고 욕망하고 질책하고 환기하는 바에 따라 만들어진다. 날日들이 지나고, 달月들이 지나고, 해年들이 지나면서 부지불식간에 당신은 이어지는 엉뚱한 말들을 흉내 내어 웅얼거리게 된다.

비록 누구나 유아기 초기에는 언어를 배워야 하지만, 언어를 말하기란 거의 자연스럽고 무의식적인 일이라서 일단 언어가 습득된 이후에도 아무튼 무의식적으로 이루어진다. 반면에 언어를 글로 쓰기란 학습으로 초래되는 소리의 겁에 질린 복종에 비하면 거리를 두는 것이고, 그때까지 느끼던 심리적 위축에 비하면 반항하는 것이고, 화가가 작품 앞에서 뒤로 물러서듯이 언어 앞에서 발뺌을 하거나 심지어 물러서는 것이다.

글쓰기는 이러한 횡포, 이러한 청취, 이러한 obaudientia(복종)에 맞서 새로운 왕국을 세운다. 무의지적인 이러한 복종은 심장의, 태아의 것이었다가 호흡의, 충동의, 말 못 하는 유아의infantile 것이 되고, 그러고 나서 목청껏 울부짖는 어린애의enfantine 것이었다가 뒤이어 언어의, 자식의, 사회의 것이 되는 이것은 모계집단의 언어에 대한 청각의 복종이다.

글 안에서 언어는 스스로 기호화된다. 단번에 내용이 물러서고 주체가 해체된다.

모든 수취인 주소도 분해된다.

언어의 침묵과 문자화된 객관화에서 언어를 장악한 자는 상대가 자신이 되고 자신이 상대가 되는 대화 행위의 개시를 멈춘다.

*

책을 한 권 쓴다(의미형성을 숙고하고, 포착하기 매우 어려운 동시에 매우 실질적인 취지에 몰두한다)는 것은 메시지를 정하기, 명령을 받기, 그것을 전달하기, 그것을 해석하거나 중계하기, 한 대상을 지시하기, 누군가를 호명하기, 그를 자기에게 오게 하기, 이런 것들과는 사뭇 다르다.

글쓰기는, 말하기와는 달리, 영혼psychè이 습관적으로 사용하는 언어에서 소리 없이 멈춘다. 그러면 영혼은 보이지 않는, 내면의, 조용한, 발효하는 세계에서 자신과 다른 무엇을 탐색한다. 그곳에 몸을 숨기고, 잠적하고, 개별화되고, 쌓여간다.

*

테르툴리아누스[3]의 말이다. "우리는 **어느 누구의 동의도 없이**(sub exceptione personarum) 무언의 옹호라는 은밀한 방식으로(via occulta tacitarum litterarum) 글을 쓴다. 과묵한 글자들의 신비로운 오솔길을 따라감으로써 문학은 평생의 도구가 된다(Instrumentum ad omnem vitam litteratura). 문학은 모든 것으로서 삶에 봉사한다."

*

영혼은 언어의 주머니에 들어찬 어둠 속을 더듬는다. 그곳에서 꿈은 샅샅이 헤집고, 그곳에서 정령은 기호들 주변에서 코를 벌름거리며 냄새를 맡고, 그곳에서 *umbra*(유령)는 힘들과 이미지들과 더 오래된 주술, 그리고 개체발생의 인류 조상들의 그림자나 계통발생의 나무들과 동물들의 그림자 사이에서 영속한다.

3) Quintus Septimius Florens Tertullianus(?150/160~?220): 카르타고 출신의 기독교 교부이자 평신도 신학자이며 저술가. '삼위일체'라는 신학 용어를 최초로 사용했다.

제14장

정신분석

나는 대뜸 '문자의 파편화와 자유연상은 연관된다'는 무모한 명제를 감행하고자 한다. 만일 공백 상태에서 한 가지 생각에서 다른 생각으로 옮겨가려면, 게다가 염치없이 의미를 거론하려면, 분산되고 불확실하고 단편적인 것이 필요하기 때문이다. 만일 환자가 고통 없이 자유롭게 연상하게 되는 즉시 치유 판정이 내려진다면, 그것은 환자가 내면에 단절, 무無의미, 카오스, 공백, 세분화, 무無지식, 꿈, 우연을 받아들이는 데 그다지 고통을 느끼지 않는다는 것이다. 심지어 흔적에서 흔적으로 떠도는, 약간 얼이 빠진 기쁨마저 되찾는다는 의미이다.

환언하면, 언어의 불연속성과 정신 건강은 아마도 내재적이다.

*

구두점은 구어의 언어 흐름을 교란시킨다. 충동을 한 방향으로 몰아갈 뿐 아니라 물결이 흐르는 방향도 바꾼다. 구어는 불가역적으로 전ante에서 후post로 진행된다. 그런데 글로 쓰인 것은 다시 읽힌다. 생물학자들의 단언에 따르면, 삶은 그것을 개별화시키는 죽음으로 구분되고 각인된다. 구어는 일단 인간 상호 간의 대화를 떠나 보이지 않는 매개체인 숨결을 벗어나서 기록된 기호의 형태로 객관화되면, 일단 대기를 떠나면, 일단 문자들의 상호 조합으로 구성된 상이한 생김새 안에서 분리되어 분쇄되고, 각 언어 및 그 역사의 적나라한 우연성에서 생겨난 각 문자의 특이한 표기법에서 확연히 차별화되면, 그것을 파편화시키는 자에 의해 점차 전유된다.

다음은 아메센[1]의 말이다. "오직 제거만이 반환하고, 구두점을 찍고, 삭제하고, 해방한다."

이 생물학자는 지나가는 소리의 파장 앞에서 몸을 떨고, 잔기침을 하고, 한숨을 쉬며 반응하는 정신분석학자처럼 말하고 있다.

---

1) Jean-Claude Ameisen(1951~) : 프랑스의 의사, 면역학자이며 생물학 연구원.

뱅베니스트는 이렇게 덧붙인다. "글의 놀라운 방음성防音性은 발화자가 정해지는 것을 막는다. 구술 세계에서 신체를 지닌 예전의 수신자는 부재자 집합으로 바뀔 뿐 아니라 망자들까지도 일반 집합에 편입된다. 말하는 대중이 외부 표면에 나타나는 대상화는 무한히 오래된 상상의 세계를 그만큼의 상징적 기호들, 즉 일종의 캄포산토[2]를 건립하는 기호들로 쪼개놓는다.

세포의 죽음은 다리, 팔, 어깨, 손, 손가락들을 베고, 다듬고, 절단한다.

글의 기입성은 연속을 자르고, 구승성口承性의 부단한 흐름을 중지시키고, 인간의 유성有聲 사회에서 불가사의한 마그마를 떼어낸다.

글의 발명은 인간에 의한 구어의 진정한 세포 자살이었다.

*

나는 글을 쓰고, 잘라내고, 다듬고, 정확을 기하고, 가까이 다가서고, 표명한다. 그런 것이 나의 기쁨이다.

작가들은 '삭제' 혹은 '재단'이라고 말한다.

2) Campo santo: 성역聖域을 뜻하는 이탈리아어로 교회 근처의 묘지를 말한다.

정신분석가들은 '발음 장애' 혹은 '거세'라고 말한다.

생물학자들은 '세포의 자살suicides cellulaires'이라고 말한다.

자연과학자들은 '식물의 세포 자살apoptoses végétales'이라고 말한다. 문제는 늘 창조적 죽음, 다시 말해 끊임없이 재구성되는 삶, 즉 열기에 들떠 끓어오르는 위태로운 활동이며, 그것에 의해 삶은 마치 죽음이 삶 내부의 도구인 것처럼 열정적으로 죽음에 의존한다.

삶은 죽음으로 삶을 해석한다.

우리 몸의 유전자들은 단어들처럼 문자 형성소들의 연속체이다. 나는 ABC를 떠나 DNA[3]로 간다. DNA는 긴 문장과도 같은 것이다. 이제 DNA를 떠나 RNA[4]로 간다. RNA는 자신의 복사본을 연구하는 번역자이다.

가능태들의 잠금장치의 빗장은 글 안에서 풀린다.

모든 표기법은 어느 것이나 하나의 암호이고, 따라서 도둑에게 거처를 열어주는 하나의 **열쇠**이다.

---

3) Deoxyribo Nucleic Acid의 약자. 염색체의 주성분으로 유전 정보를 염기 서열로 암호화하여 저장한다.

4) DNA가 신체의 설계도라면 RNA(Ribo Nucleic Acid)는 설계도에 따라 단백질의 구성 성분인 아미노산을 모아 필요한 단백질을 합성하는 것이다.

*

세네카[5]는 『루킬리우스[6]에게 보낸 도덕 서한*Epistulae Morales ad Lucilium*』I권 142 문단에 이렇게 썼다. "우리는 글을 쓰고, 우리의 모든 것이 사라지는 숨결을 잘게 나누네. 단지 우리가 영위하는 삶을 세분할 뿐 아니라, 삶의 흐름을 수정하기도 하는 거지. 의도와 욕망으로 발신되고 강요된 기호들을 심사숙고하면서, 그리고 나날이 끈질기게 따라붙는 열정들을 관조하면서 말일세."

Diducimus vitam in partibus ac *lancinamus*(우리는 삶을 잘게 나누고 **찢어발긴다**).

더욱 생생할 뿐 아니라 마침내 **짜릿해지는** 삶.

글은 대화를 잊으므로 수신자도 잊는다.

글쓰기는 사고를 타인이 부재하는 무한에 잠기게 한다.

글쓰기는 오직 무한한 표현, 정체불명의 초월, 영원한 여행, 무아지경으로서만 외재성을 만난다.

5) Lucius Annaeus Seneca(B.C. 4~A.D. 65): 아버지 세네카와 구분하기 위해 소小 세네카로 불린다. 고대 로마의 정치인, 사상가, 문학가였고, 네로 황제의 스승으로도 유명하다.
6) Lucilius Junior: 고대 로마의 저술가이며 소 세네카의 친구.

제15장

마호메트[1]에게 나타난 가브리엘 천사

가브리엘 천사가 캄캄한 동굴 안에서 마호메트에게 나타났다. 날이 춥다. 사위가 온통 어둡다. 천사는 오직 한 마디만 했다.

"읽어라!"

610년 라마단[2] 달의 17일에 마호메트는 히라 동굴[3]에서 독서의 계시를 받았다.

---

1) 이슬람교의 창시자. 마호메트 혹은 모하메드, 무함마드라고도 한다.
2) 아랍력과 이슬람력의 아홉번째 달로 천사 가브리엘이 마호메트에게 '코란' 을 가르친 신성한 달이다. 이 기간에는 일출에서 일몰까지 의무적으로 금식 하고 날마다 다섯 번 기도를 드린다.
3) 메카에서 3.2킬로미터 지점에 있는 동굴로, 성인 한 사람이 들어갈 정도의 크기이다. 마호메트가 이 동굴에서 명상하던 중 천사 가브리엘이 찾아와 '읽어라'라는 하느님의 명령을 세 차례 전했다고 한다.

스스로 **율법**이 된 모세 이후에, **말씀**이 된 예수 이후에, 마호메트는 **독서**가 되었다.

코란의 가장 첫번째 단어인 *Iqra!*는 읽다,라는 동사의 2인칭 단수 명령형이다.

이 명령형에는 제3자가 없다.

신은 개인 안의 전 인류를 **독서의 고독으로** 끌어들인다.

제16장

녹색

밤夜에 태양의 소멸.

어둠에서 보이는 것의 소멸.

언어에서 사물들의 소멸.

감각에서 언어의 실종.

포옹에서 고립된 개인들의 실종.

죽음에서 존재들의 실종.

시간에서 망자들의 실종.

녹색의 출현.

*

책을 읽다가 깜빡 잠이 들었다. 잠에서 깨자 주변이 온통 캄캄했다. 나는 자리에서 일어났다. 놀라웠다. 내가 잠이 들었다는 데 놀랐다. 나는 마치 어떤 세계에서 돌아온 것만 같았다. 전등을 바라보고, 밤이라서 유리창에 고스란히 비친 하얀 서가書架의 반영을 바라보았다. 내가 사는 집의 유리창도 집만큼이나 오래되었다. 창유리의 표면도 세월이 흘러 뒤틀려졌다. 오래 사용한 탓에 얄팍해졌다. 표면을 유동적이고 불확실하고 변형되고 더 발랄하게 만드는 무엇이 바래버렸다. 야밤의 달빛에 드러난 유리에 영향을 미치는 아주 느리게 움직이는 파동의 직접적인 원인이 달이라고 한다. 수세기에 걸쳐 달빛이 창유리의 표면을 우그러뜨렸다. 유리창에 비치는 반영도 더욱 신비롭게 변했다.

보름달이 떴을 때, 하늘 높이 뜬 보름달을 향해 늑대들이 울부짖을 때 바다를, 개들을, 영혼을, 사람들의 하룻밤을, 불현듯 크게 내쉬는 고양잇과 짐승의 불안한 한숨을, 속수무책의 불면증을 비추는 달빛은 sine medio(중개 없는) 접촉이다.

잔물결마저 해변을 따라가며 눈에 띄게 넘실거렸다.

공간이 안으로 휘어진다.

보름달이 뜬 날에는 인간으로 육화된 공간 자체가 대기층의 휘어진 내부에서 스스로를 끌어당기는 듯싶다.

나는 원형 탁자와 그것에 덮인 테이블보에 거의 가려진 그림자들을 바라보았다.

나는 전등 아래 거의 수직으로 뻗은 빛의 줄기를 바라보았다. 지금 독자들이 읽는 이 글을 쓰느라 내가 긴 의자 위에 세운 둥근 양 무릎을 바라보았다. 글을 써 내려가는 손을, 그리고 황금빛이었다가 하얗게 변하며 빛나는 잔털들을 바라보았다. 낡은 창문의 유리로 고개를 돌리기만 해도 목하 실행 중인 나의 행복을 느끼기에 충분했다. 이미지는 미치 흔백이 돌 듯이, 마치 지구가 돌 듯이, 마치 달이 돌 듯이 되돌아오곤 했다. 달은 비극적으로 이지러지고, 기적적으로 회복되고, 혹처럼 불거지고, 가득 채워지고, 놀랍도록 빛나는 황홀한 원형으로 변한다. 이 세계에 접근하는 나의 방식 자체도 일종의 나선형의 상승이었다. 그것은 책들을 읽음으로써, 독서 덕분에 책들을 집필함으로써, 또한 언어활동langage을 통해 접근을 거듭하면서, 그것을 무한히 천착함으로써, 접근 방식에서 중첩되는 언어langue들의 잇따른 형성을 검토함으로써, 그리고 사용할수록 불안정하고 유희적으로 변해가는 각 언어 형태의 매우 뜻밖의 우연성에 감동함으로써 가능했다.

비록 이 세계로의 접근 방식이 우회적일지라도 가급적 최대한 그곳에서 파생된 것이므로, 나는 그것을 예전의 임박한 상태로 되돌리고, 그 덕분에 일종의 살아 있는 원천을 되살려 이곳에 넘쳐흐르게 했다.

왜냐하면 물은 행복에 섞이기 때문이다.

나날의 운용에 약간의 일탈을 가함으로써, 가장 소중한 기쁨들을 비밀에 부침으로써, 말없이 약간의 수작업에 몰두해서 큰 소리와 큰 소리의 기억, 태만, 징후, 수수께끼, 이런 것들의 대혼란을 총괄하는 데 하루 세 시간을 할애함으로써 나는 점점 더 행복해졌다.

*

햇빛으로 색채를 만들어내는 식물들과 약간 흡사하다.

뿌리, 구근, 줄기, 잎사귀, 이것들의 담력과 용기는 얼마나 대단한가!

이것들은 물에서 솟아나려고 노력했다.

이것들은 지표면에서 일어나 부지불식간에 어둠의 색, 대지를 에워싼 공기의 색, 태양의 색, 바다의 색과 아주 다른 색을 만들려고 노력했다.

이것들은 이 세계에 **녹색**을 출현시켰다.

이것들은 새들의 가벼운 날개 아래, 초식동물들의 눈 아래, 태양 광선 아래, 구름과 바람에 따라 변화하는 유연한 그림자 안에, 온갖 종류의 숭고한 녹색이 나타나게 만들었다.

제17장

자서선

물가에 퍼져 갯벌 하류에 머무는 '거미 게'[1]들은 홍합들에
뒤덮여 물에 반쯤 잠긴 바위에 서식하며, 등에 비죽비죽 솟
은 털과 뒤섞인 집게발로

해초 타래들을,

해면 쪼가리들을,

조가비와 쌍각조개의 파편들을,

나무 지저깨비들을,

종이쪽지들을, 우체국 소포 상자의 갈기갈기 찢긴 조각들
을, 맥주병 뚜껑들을, 모래사장으로 밀려오고 파도에 쓸려
떠다니는 플라스틱 제품 찌꺼기들을 등껍질에 부착시킨다.

1) 등껍질이 온통 오톨도톨한 가시로 덮인 게.

대기와 빛의 세계로 육신이 온전히 태어나지 못하고 남은 부분이 있다. 그것이 엄지와 검지 사이에서 태반의 낡은 피부와 접촉한다.

엄지와 검지 사이의 그것에는 얼굴이 없다. 그것은 여전히 깃털 펜과 잉크로 채워지는 뾰족한 부리를 쥐고 있다.

에코는 연속체le continu를 이어간다continue.

그것은 에덴에서 나온다. 이 세계로 들어온다.

그것은 이 세계에서 나간다. 에덴으로 들어간다.

아직도 태어나려는, 어떤 형태로든 필시 빛으로 솟으려는 밀어냄, 물결, 충동, 조수潮水, 이런 것들을 연장하고 영속화하려는 무엇이 있다.

심지어 죽음으로 몸을 던지는 자 안에도 돌진하는 도약이 있다.

*

1864년 7월 26일, 강한 북동풍을 타고 요트 한 척이 물살을 가르며 바다에서 급하게 방향을 틀었다. 에드워드 글레나번 경[2]이 작살로 상어를 조준해서 쏘아 맞힌다. 죽은 상어를

2) 쥘 베른Jules Verne의 소설에 등장하는 가상의 인물로 글레나번 부인과 결혼

123

뒤 갑판으로 끌어올린다. 배를 가른다. 에드워드 경은 칼로 가른 상어의 배 속에서 병을 발견한다. 병 속에는 3개 국어로 쓰인 세 장의 문서가 들어 있다. 즉 영어로, 독일어로, 프랑스어로. 짠 바닷물에 문드러진 종이쪽지에서 읽을 수 있는 글자는 별로 없었다. 겨우 영어 'lost,' 독일어 'grausam,' 프랑스어 'agonie'를 알아볼 수 있다.

조난된, 무자비한, 빈사지경……

삶이 여기 있다.

그런데 곧, 설명할 수는 없지만 정령에 씌운 듯이, 에드워드 글레나번 경은 'agonie'라는 단어에서 'Patagonie(파타고니아)'[3]라는 말을 읽어낸다. 즉시 요트의 방향이 바뀐다. 이 세상에서 가장 먼 곳을 향해 항해한다.

소설 『그랜트 선장의 아이들 *Les Enfants du capitaine*』은 끝없는 탐색의 이야기를 들려준다.

<hr />

한 부유한 스코틀랜드 귀족이다. 『그랜트 선장의 아이들』(1868)에 처음 등장했고, 『신비의 섬』(1874)에 마지막으로 나온다. 『그랜트 선장의 아이들』에서 그는 아내 헬레나와 친척인 맥내브스 소령과 함께 새로 건조된 '덩컨호'를 타고 시험 항해를 한다. 항해 중에 잡은 상어 배를 가르자 병이 나왔는데, 그 안에는 파타고니아 연안에서 침몰된 '브리타니아호' 그랜트 선장의 구조 요청 문서가 들어 있었다. 그는 실종된 그랜트 선장을 찾아 메리(선장의 딸), 로버트(선장의 아들)와 함께 덩컨호를 타고 남아메리카로 떠난다.
  3) 남아메리카의 최남부를 포함한 지리적 영역.

글레나번 경의 요트는 리라를 켜는 오르페우스와 더불어 황금 양털을 찾아 항해 중인 이아손 선장의 **아르고호**[4]이다.

그들은 '이 항구 저 항구로' 나아가고 있지만, 실은 '이 독서의 오류에서 저 독서의 오류로' 나아가고 있는 것이다.

Agonie, Patagonie, Australie. 갑자기 타보르섬[5]이다.

"당신은 책처럼 말하시는군요." 글레나번 경이 말한다.

"내가 한 권의 책이거든요." 학식 있는 자가 분연히 응수한다.

로버트는 죽은 콘도르의 날개에 가려 보이지 않는다.

"아버지! 우리 아버지!" 마침내 메리 그랜트가 외친다.

*

독서는 두 다리와 두 팔을 그러모은 태아의 자세로 근원이 되는 단어 안에, 즉 내면의 **내부***intus* de l'intime에 웅크린 채 보기- 및 -듣기이다. 사람들 가운데서 멀리 떨어져 외부의 목

---

4) 테살리아의 왕은 조카 이아손에게 왕위를 빼앗길까 봐 그를 제거할 목적으로 그에게 콜키스에 가서 황금 양털을 가져오게 했다. 이아손은 아테나 여신의 도움으로 대형 목선인 아르고호를 만들었고, 선원으로 이아손을 비롯해 헤라클레스, 오르페우스 등 그리스의 많은 영웅을 불러 모았다.

5) 마리아 테레사 암초라고도 불린다. 남태평양에 있는 것으로 추정되는 유령 섬.

소리가 들리지 않는 상태로.

글쓰기는 야릇한 터치다. 근육의, 항문기의, 표현의, 배출의 에너지가 여전히 손가락 근육들을 이끈다. 어린애의 수음에서 다시 떠올라 그 자체로 의기양양한 동물의 포식성 나포拿捕를 대체하는 이 에너지는 진정한 의지로 확고하게 **움켜쥐는 힘**이다.

생명을 불어넣는 관管을 전심전력으로 섬긴다. 그것은 부싯돌이 된다. 부싯돌은 거위 깃털이 된다. 그것은 필기구가 된 뼈의 왕복운동이 된다. 그것은 강철 침針이 된다.

우리는 몽테뉴처럼 정정한다.

우리는 능욕당한 필로메나처럼 천을 짠다.

우리는 마틸다[6] 왕비처럼 수를 놓는다.

*

"Hic Harold mare navigavit(이곳에서 해럴드[7]가 출항했다)." 이것이 마틸다가 1066년 쇠바늘을 부지런히 움직여 자수 천에 쓴 글자들이었다. 왕비는 한 글자 한 글자씩 수를 놓아 왕

6) Mathilda of Flanders(?1031~1083): 정복왕 윌리엄의 왕비.
7) Harold Godwinson(?1022~1066): 잉글랜드의 마지막 왕. 1066년 헤이스팅스 전투에서 정복왕 윌리엄에게 패해 전사한다.

의 얼굴 아래 이 단어들을 써 넣었다. 그녀가 색색깔의 실꾸리로 디자인한 이미지는 이러하다. 해럴드왕이 쇼스[8]를 벗었다. 다리와 허벅지의 맨살이 드러났다. 그는 망슈 해협[9]의 얼음처럼 차가운 물결 속으로 들어간다. 주먹 쥔 왼손에 매 한 마리가 앉아 있다. 젖은 성기가 시리다. 요란한 소리를 내며 차가운 물을 튀기는 바다로 들어가지 않으려고 달려가는 개를 붙잡아 오른팔에 낀다. 갑자기 조수가 높아진다. 왕은 밀물인 바다에서 전진한다. 바다가 그를 원치 않는 왕국으로 데려간다. 이미지에서 동사 NAVIGAVIT(출항한다)를 구성하는 수놓인 글자들litterae은 1064년을 가리킨다. 이곳에서 해럴드가 출항했다. 이곳은 울가트[10]의 강 하류이다. 강의 이름은 디브Dives이다. 왕비의 자수에 수놓인 **옛날**Jadis은 두 살이다.

---

8) 다리 갑옷으로 사용되는 레깅스의 중세 용어.
9) 영국 해협이라고도 한다. 영국 남해 쪽과 프랑스 서북 해안 사이에 위치한다.
10) Houlgate: 프랑스 북서부의 영국 해협을 따라 위치한 해변의 마을.

제18장

타피스리

모든 우울증 환자는 **쥐려고** 한다.

글쓰기를 할 때는 한 손으로 단호히 움켜쥔다.

창가에 앉아 라샤트르의 정원을 바라보는 세실 랭[1]은 베틀을 쥐거나, 송곳을 쥐거나, 강철 펜을 쥐거나, 흑연을 쥐고 있었다. 혹은 '창을 겸한 문'을 밀고 나가 맞은편 정원에서 전지가위를 쥐거나, 물뿌리개를 쥐거나, 아무튼 손에 늘 뭔가를 **쥐고 있었다.**

글을 쓰는 사람은 항상 손으로 무엇을 다룬다. 시간 이전의 무엇을. 양분을 공급하는 탯줄을. 기대에 부풀어 팽창하는

---

1) Cécile Reims(1927~2020): 프랑스의 조각가이며 작가. 라샤트르La Châtre (프랑스 중부의 마을)에서 태어나 줄곧 그곳에서 살았다.

궁글은 음경의 포피包皮를. 우리를 품은 주머니의 시접을.

글쓰기는 가능한 두 세계(최초의 세계와 마지막 왕국) 사이에서 '움켜쥐기prise'를 확보한다.

*

1975년과 1981년 두 차례에 걸쳐 우울증을 앓았을 때, 나는 소일거리로 타피스리를 만들었다. 그 일에 내 시간을 몽땅 바쳤다. 대형 크라프트지에 내가 그림을 그려 넣어 디자인한 커다란 타피스리들이었다. 그림은 국립도서관에 소장된 수고본 미세화의 삽화를 단순화시킨 것으로, 바탕천 위에 바둑판 모양으로 선을 그어 큼직한 윤곽들을 대략적으로 옮겼다. 바다에 떠 있는 대형 쾌속 범선들이었다. **니냐호, 핀타호, 산타마리아호**.[2]

대형 운송선들은 라구사[3]항으로 돌아왔다.

티알크[4] 선박들은 에스코강[5]을 가로질러 안트베르펜[6] 정박지까지 갔다.

아풀레이우스[7]의 책에서 당나귀 루키우스는 희끄무레한

2) 콜럼버스가 사용했던 선박으로 니냐Niña호, 핀타Pinta호는 60톤급, 산타마리아Santa Maria호는 100톤급의 기함이다.
3) 이탈리아 남부 시칠리아주의 도시.

129

심연이 내려다보이는 도둑들의 동굴 언저리에서 아찔한 죽음의 현기증을 느꼈다.

도둑 여우[8]는 주변 사람들을 속이려고 수레의 틀 위에서 백파이프를 분다.

아름다운 청년 에로스는 프시케의 침실에서 창문 난간에 앉은 커다란 까마귀로 변모한다.[9]

손에 쥔 차가운 쇠바늘을 일단 이빨들 사이로 밀어 넣으면, 그것은 심리적 공허감과 불안의 메마른 공허감과 기억을 거부하는 사막으로 가득 찬 입안에 다시 침이 고이게 했다.

나는 굵은 자수바늘에 매달렸다.

견딜 수 없는 시간을 초 단위로, 분 단위로 흘려보내야 했다.

4) tialques : tjalk라고도 한다. 17세기에 네덜란드에서 축조된 수송용 범선.
5) 프랑스 북부, 벨기에 서부와 네덜란드 남서 지방을 흐르는 강. 네덜란드어로는 스헬더강이다.
6) 벨기에 안트베르펜주의 주도.
7) Lucius Apuleius(?124/125~?170) : 고대 로마의 저술가로 시인, 철학자, 수사학자로 활약했다. 키냐르가 가장 영향을 많이 받은 책인 『황금 당나귀』의 저자이다. 주인공인 당나귀의 이름도 '루키우스'이다.
8) 프랑스 중세의 운문 동물 설화집 『여우 이야기Roman de Renart』의 주인공인 교활하고 유쾌한 여우.
9) 사랑의 금기를 깨고 프시케가 등잔불을 밝혀 에로스의 모습을 본 순간 에로스는 까마귀로 변해 날아간다.

당황하지 말고, 조난의 공포에 사로잡히지 않고, 황급히 창가로 달려가 창문을 열어젖히고 투신하려는 욕망을 떨쳐 버린 채, 15분 단위로 불안을 극복하는 게 중요했다. 나는 마룻바닥에 엎드려 오리목별로 한 줄씩 닦았다. 채소를 잘게 썰었다. 턱의 교경[10]이 심해 입을 벌리지 못하므로 단단한 음식은 전혀 먹지 못했다. 빨대가 필요했다. 마치 내가 돌봄을 받아 마땅한 어린애라도 되는 듯이, 아내가 참을성 있게 믹서로 갈아서 만들어준 수프를 천천히 홀짝거렸다.

*

내가 쓰고 있는 글에서—지나가는 정체불명의 무엇에게 내가 놓는 예측 불가능한 험한 덫에서— 하나의 얼굴과는 전혀 다른 무엇이 태어나게 되리라는 희망이 느껴진다.
한 얼굴보다 훨씬 오래된 어떤 것.
하나의 장소.
한 얼굴로 변하기 전의 한 장소.
하나의 힘을 위한 덫인 한 장소.
아마도 그것이리라, 하나의 풍경.

---

10) 교근咬筋의 경련으로 인해 입이 벌어지지 않는 상태.

하나의 세계는 맞이하고, 맞이하는 무엇을 덥석 삼켜서 그것을 자신의 보이지 않는 막膜 내부에서 경이로운 그 주변을 따라가며 보호한다.

광휘를 향한 하나의 지점.

정원으로 열리는 하나의 문.

틈새란 경이로운 골짜기와 같은 것이다. 이 골짜기가 입구이다.

단어와 단어 사이에 있는 distentio(벌어짐)의, diasthèma(간격)의, ouvrir(열리기)의 저변에는, 글자와 글자 사이의 공백 저변에는 작은 강이 흐르고 있다. 나무들 사이로, 나뭇가지에 우거진 잎사귀들 아래로, 태양이 퍼붓는 햇살들 속으로 천국의 강이 흐른다.

환상적인 부지로서의 장소. 에덴동산의 균열.

하나의 디브강[11]

한 등채롱의 야릇한 짐.

아르덴 원시림에서 키 작은 떡갈나무들을 통과한 미광 속에서 어린애가 손으로 나무 그늘 아래 세우는 작은 둑.

평화를 찾지 못하는 기다림, 대상의 정체는 아직 모르지만 놀라움이 예비되고 있는 그것을 위한 감미롭고 포근한 기쁨

---

11) Dives: 프랑스 노르망디 지방의 강.

이 마련되는 그런 기다림.

　잠시 멈추는 독서. 갑자기 우리는 묵상한다.

　독서를 이어가면서 어떤 '무엇chose'을 묵상하는 어떤 '무엇
chose.'

제19장

잠의 문을 새벽이라 한다

아주 어릴 때부터 늘 그랬다. 나에겐 가족을 피해 숨을 장
소가 필요했다. 식탁과 식탁보 아래. 안락의자의 늘어진 술
장식 아래. 몸을 숨길 후미진 곳. 라디에이터 옆에 늘어진 커
튼 뒤. 침대와 벽 사이의 공간. 어머니와 나머지 가족, 즉 형
들과 동생, 앙스니[1]의 사촌들, 쇼[2]의 사촌들, 그리고 뫼즈강
의 어부들과 루아르강의 어부들, 이 모두의 시선을 피할 수
있는 곳. 시작은 애초에 나를 집어넣은 캄캄한 방이었다. 내
가 음식을 보지 않고도 혼자 먹게 하기 위해서였다. 그 후에
는 불면증 때문에 새벽─직전avant-aube의 시간을 은밀하고 능

---

1) Ancenis: 프랑스 서북부 브르타뉴 지방의 도시. 키냐르의 친가가 있다.
2) Chooz: 프랑스 북부 아르덴 지방의 도시.

숙하게 요령껏 이용하려고 그곳에 틀어박혀 연주하고, 꿈꾸고, 조용히 책을 읽게 되었다. 어둠에서 빛으로의 이행, 그것이 출생이고 삶이다. 나는 노력했다. 오로라[3]는 태어나고 죽이는 시간의 이름이다. 에오스[4]는 가장 젊은 여신으로 어슴푸레한 긴 팔을 지녔다. 그녀는 새벽 전에 그리고 일출 전에 태어나서, 꺼질 듯이 지나가며 도주하는 밤을 죽인다. 오로라는 은은한 장밋빛의 길쭉한 날개깃들에 덮인 아주 희미하고 기다란 안개 깃털들로 이루어진 창백한 두 날개를 지닌 여신의 이름이다. 가냘프기 그지없는, 적어도 그렇게 보이는 여신이다. 그럼에도 그녀는 오리온[5]을 납치하고, 케팔로스[6]를 납치하고, 파에톤[7]을 납치하고, 티토노스[8]를 납치해서 바싹 마른 흉측한 매미로 변모시킨다. 써걱거리며 신경을 긁는 음산

---

3) Aurore: 로마 신화의 '오로라 여신'인 동시에 '새벽 직전의 순간'을 뜻하는 명사로 이중적 의미를 지닌다.
4) 그리스 신화에서 로마 신화의 '오로라 여신'에 해당한다.
5) 티탄족 사냥꾼이다.
6) 아티카의 영웅으로 새벽 사냥을 즐기다가 에오스(오로라)의 눈에 띄어 유혹당한다.
7) 그리스 신화에 나오는 태양신 헬리오스와 클리메네의 아들. 에오스가 케팔로스를 납치하여 둘 사이에 태어난 아들의 이름도 파에톤이고, 에오스가 타고 다니던 쌍두마차의 말 이름도 파에톤이다.
8) 그리스 신화에 나오는 트로이의 왕자. 새벽의 여신 에오스의 사랑을 받아 불사의 몸을 받았지만 하염없이 늙어가다가 매미로 변한다.

한 마찰음을 내며 울어대는 매미의 양 날개는 텍스트를 품은 듯이 온통 파리한 반투명의 막질膜質이다. 마치 미사 경본이나 플레야드 총서[9]의 비단처럼 매끄러운 지면과 흡사하다.

시간은, 그것이 태어나는 상태일 때, 시간의 경계에 있는 시간이다. 새들의 시간, 서광의 시간, 제 안에서 신음하다 깨어나서 부는 바람의 시간이다.

에오스는 미풍과 바람의 어머니다.

지속되는 시간에 앞선 시간——뚜렷한, 환한, 외부의, 지각할 수 있는, 사회적인, 시끌벅적한, 짓누르는, 아우성을 치는 세계에 선행하는 시간.

아직 움츠러드는 시간, 아직 침묵하는 시간, 바야흐로 동이 트려는 날처럼 백색의, 회백색의, 회색의 종이 위에서 연필이 사각사각 속삭이는 가운데 침묵을 뒤쫓는 시간.

어스름한 빛에는 최초의 어둠에 속한 무엇이 남아 있다.

그녀가 자고 있다. 얼마나 깊은 잠에 빠져 있는지! 숨결은 또 얼마나 태평하고 느리고 묵직한지! 나는 그녀의 팔을 들어 올리고, 내 손가락에 휘감긴 그녀의 긴 머리칼을 끌어올린다. 침대 시트에서 살그머니 빠져나온다. 침대의 공간을

---

9) 갈리마르 출판사에서 발간하는 프랑스 문학을 중심으로 한 세계문학전집. 문학과 철학 부문에서 업적이 뛰어난 작가의 작품 모음집이다.

벗어난다. 잠자는 동안 우리의 몸을 에워싸서 보호한 온기에서 벗어난다. 방 안에 들어찬 어둠을 떠난다.

알몸으로, 불을 켜지 않고, 복도를 따라 걷는다.

여기서 나선형 계단을 올라간다.

저기서 직선의 두 계단을 내려간다.

주방의 타일 바닥 위로 걸어간다. 주변이 어둠에 잠겨 있게 내버려 둔다. 주전자에 물을 채우고 물이 노래하기를 기다린다. 간혹 요구르트를 하나 먹기도 한다. 내가 한 번도 빨아보지 못한 젖가슴의 추억에 잠겨.

*

이것은 내가 꾼 꿈이다. 나는 예루살렘의 시장에 있다. 그곳은 예수 수난의 길인 via dolorosa,[10] 십자군에 관한 양피지 기록에 적힌 via paschalis[11]이다. 나는 올라가려고 한다. 더 올라갈 작정이다. 그런데 반대 방향에 있는 탓에 고난의 길들을 되짚어 오르지 못하고 있다. 나는 끊임없이 내려오는 여자들과 남자들의 엄청난 힘에 떠밀리며 짓눌린다. 그들

10) '고통의 길'이라는 의미로 예루살렘에서 갈보리까지 십자가를 지고 가신 예수님의 고난의 길.
11) '부활절 길'이라는 의미.

은 온몸에 무기를 지니고 있다. 그들이 함성을 지른다. 나는 골목길의 가파른 경사를 도무지 올라가지 못한다. 꿈이 온통 불가능한 노력의 연속이다. 양손에 그릇 닦는 커다란 행주를 쥔 베로니카 성녀가 보인다. 골목길이 구부러지자 더욱 어두워지며 점점 더 내리막길로 변한다. 석재 궁륭 아래에서 나는 숨이 막힌다. 이제 손에 기관총을 들고 허리에는 자동권총을 찬 이스라엘 군대의 병사들이 내려온다. 그 바람에 내 몸은 꼼짝없이 로마 시대의 성벽에 들러붙는다. 더 이상 숨을 쉴 수가 없다. 이윽고 맞은편 저 멀리에 이슬람 사원의 황금빛 지붕과 고원이며 탁 트인 대기, 그리고 마호메트의 멋진 말이 보인다. 바위 위에서 잔뜩 겁에 질린 모습이다. 말이 하늘로 날아오르며 발굽의 흔적을 남겼다는 그 바위다. 이상하게도 리스본의 고지高地이다. 성 요한의 성채가 타구스강[12]을 굽어보는 도시 전체를 조망한다. 내가 그렇게 빨리 그곳에 당도하리라고 생각하지 못했다. 그런데 모든 게 다시 되풀이된다. 나는 리스본이 내려다보이는 성채로 가는 순찰로를 올라가는데, 끝도 없이 이어지는 여자들과 남자들의 행렬과 정면으로 마주친다. 군중이, 무질서한 무리가 연신 나를 뒤로 떠밀고 있다. 마침내 나는 벽에 부딪힌다. 잠이 깬다. 자리에

---

12) Tagus: 이베리아반도에서 가장 긴 강. 타호강 혹은 테주강이라고도 한다.

서 일어난다. 꿈 때문에 녹초가 되었다. 글을 써야겠다.

*

매우 빈번하게, 아주 고통스럽게, 끊임없이 꾸었던 파행의 꿈. 나는 오브[13] 차림으로 다락방에서 통풍창으로, 계단 굽으로, 둥근 창으로, 빗물받이 홈통으로 기어가지만 끝내 성공하지 못한다. 벽난로의 도관들, **천창들**, Was ist das[14]들, 바람에 거칠게 흔들리는 이중의 '타우' 자형 텔레비전 안테나들, 다락방의 홈통들, 아연 배관들, 벗겨진 전선들, 이런 것들 사이로 기어가는 꿈. 고통스러운 장면들이 나타나기 전에 어떻게든 더 먼저 일어나서 그런 장면들을 의도적으로 피했을 수도 있다. 나 자신의 출생의 두려움에 굴하지 않으려고 말이다. 우리가 울 때 누가 우는 것인가? 우리가 태어날 때 누가 태어나는 것인가? 내가 고양이들을 몹시 좋아하는 이유는 녀석들이 환기창을 좋아하고, 내가 무서워하는 호스를, 파이프

13) aube: 사제가 미사 때 입는 '하얀 제복'을 뜻하는 동시에 '새벽'을 의미하기도 한다.
14) 바로 지붕으로 열리는, 혹은 문에 난 아주 작은 유리창. '이것은 무엇인가 (무슨 일인가)'라는 의미의 독일어 명칭은 창구 뒤에서 직원이나 하인 혹은 수위가 묻는 질문에서 연유했다고 한다.

를, 관쓸을, 홈을, 절벽을 행복으로 삼기 때문이다.

*

'오브'가 유독 내게는 전쟁 직후에 폐허로 변한 항구에서 보낸 유년기의 옷이라는 의미를 지닌다. 재건의 유보로 요지부동의 장면이 한없이 이어지던 직후에, 시간 속에서 부단히 미루어지는 재건이 요원해 보이는, 즉 북해와 스코틀랜드와 아이슬란드에서 불어닥치는 바람 속에서 vana aedificatio(공허한 건설)가 영속할 듯이 여겨지던 시기 직후에 보낸 유년기 시절이었다.

그것은 폐허가 된 고등학교 예배당에서 행사 때 입는 제복이었다.

나는 제의실에 있다. 오브를 머리부터 꿰어 입었다. 어린애 허리에 맞게 빙 둘린 가느다란 흰색 끈을 묶는다. 물품들을 제자리에 배치하러 간다. 포도주병들, 구리 쟁반, 제단 위에 놓는 접은 수건, 계단 카펫 위에 놓는 작은 종, 신도들에게 돌릴 헌금을 위한 접시.

주의 깊게 살펴본다. 만반의 준비 완료. 제의실로 돌아온다.

작은 예배당—1957년 결국 무너져 내린—에서 미사의 시중을 들기, 그것은 최초의 공연이다. 그것은 나의 최초의 오

브이고 또한 최초의 테네브레[15]이다. 나의 최초의 부토[16]이
다. 말 그대로 *spectaculis*(공연)에 대한 무대공포증으로 익숙
해진 최초의 불안이다. 왜냐하면 1950년대 초반에는 아직 라
틴어로 외워서 공연을 했기 때문이다.

사제가 방금 주도면밀하게 공연을 마쳤으므로, 우리는 각
자 제의실의 맨숭맨숭한 돌에 못으로 고정시킨 작은 거울 앞
에서 머리를 빗는다.

나는 두 눈을 내리깔고 사제 앞을 지나 내진內陣으로 들어
가면서 중앙 홀을 바라보지 않는다.

시선들에 눈길을 주지 않는다.

우리는 제단과 불 켜진 촛대들을 향해 간다.

나는 흰 옷차림으로 스테인드글라스를 통해 들어온 빛 속
에서, 신도들과 분리하는 구리 철책 앞에서 복사服事한다.

나는 검은 옷차림으로 어둠의 공연인 부토의 무대 위에서,
후광조차 거의 안 섞여 지극히 희미한 빛 속에서 올빼미 한
마리를 손에 들고 복사한다.

살아 있는 올빼미가 어찌나 가뿐한지 작은 구리종보다도
가볍다. 무릎을 꿇게 만드는 테네브레의 딱딱이보다 훨씬 더

---

15) 부활절 전주의 조과朝課와 찬송과讚頌課, 끝 무렵에 촛불을 하나씩 끈다.
16) 舞踏: 일본의 전통예술인 노能와 가부키歌舞伎가 서양의 현대무용과 만나 탄
생한 아방가르드 무용의 한 장르.

보송보송하고 보드랍다.

*

어느 날 나는 내 유년기의 장소로 돌아왔다. 그리고 르아브르 항구의 시립극상에서 카를로타 이케다[17]와 알랭 마에[18]와 함께 부토를 공연했다.[19] 좀더 최근인 2017년 4월 6일 목요일에는 마리 비알,[20] 올뻬미 부블리, 가오루 하카다,[21] 까마귀 바요와 함께 다시 그곳으로 왔다. 나의 옛 동창생 모두가, 적어도 생존해 있는 그들 모두가 참석했다. 까마귀가 나의 맨 머리 위에 날아와 앉았을 때 나는 얼마나 감동했던가!

17) カルロッタ池田(1941~2014): 일본 태생의 부토 댄서.
18) Alain Mahé(1958~   ): 프랑스의 전자 음향 및 전자 음악 작곡가이자 즉흥 연주자.
19) 키냐르의 작품「메데아」공연을 가리킨다. 이케다(춤)와 키냐르(낭독), 마에(음악)가 주축이 되어 2010년 11월 보르도에서 올린 첫 공연 이후 계속 순회공연으로 이어졌다.
20) Marie Vialle: 프랑스의 여배우이자 연출가. 2003년 키냐르와 함께「혀끝에서 맴도는 이름」을 무대에 올린 이후 계속해서 키냐르와 호흡을 맞춰 공연하고 있다.
21) 博多かおる: 일본의 대학교수(유럽어계 문학).

제20장

그림자는 시간 속에서 자라는 꽃이기 때문이다

위대한 리포터는 제2차 세계대전의 폭격기들이었다.

미영 연합군이 유럽 서부 해안을 강타한 폭격의 결과로 얻은 공중촬영 사진들 덕분에 노르망디 지방 성城들의 지면地面에 북유럽의 고대 노르드어 지명의 섬이나 아이슬란드의 화산에서 온 건축가들 이름의 머리글자가 쓰여 있다는 사실을 알 수 있었다.

그림자, 즉 햇빛으로 지표면에 생기는 그림자는 어느 것이나 동일한 형태가 시간별로 달라져 기이한 모양으로 대지 위에 느리게 그려진다.

몸통에서 뻗어 나온 나뭇가지의 잎들이 무성해져 퍼져나감에 따라 잎들의 그림자는 나무들에 드리운다.

시간의 흔적은 공간에서 확대되고 나무 밑둥에서 자란다.

봄 동안에 그림자는 수종樹種에 따라 나무별로 증가한다.

그러다가 불현듯 그늘이 필요해지는 여름이 찾아온다.

시간이 흐를수록, 나뭇잎이 무성해질수록, 그림자가 뿌리에서 깊어지고 느려지고 넓어질수록 햇빛을 피하려고 몰려드는 여자들과 남자들의 수는 늘어난다. 태양 자체는 하늘 한가운데에 떠올라 점점 더 뜨겁고 쨍쨍해진다.

*

삶에 앞선 태양의 흔적은 그림자다.

파도의 검은 심장.

파도는 전진하면서 검은 심장 위에서 둥글게 말린다.

*

잎사귀들에서 태어나는 이상한 꽃, 그것이 바로 그림자이다.

봄에 피는 알록달록한 온갖 꽃 가운데 단연 으뜸인 검은 꽃.

*

내 고향 노르망디를 보러 가리라. 그곳은 내가 태어난 고장
이다.

센강이 영국 해협[1]으로 흘러드는 곳이다.

「내 고향 노르망디를 보러 가리라」라는 제목의 샹송 가사
는 프레데리크 베라트[2]가 1836년에 장-바티스트 륄리[3]에게
서 훔친 것이다.

1) 영국의 그레이트브리튼섬과 프랑스 사이의 바다로 대서양과 북해를 잇는다.
2) Frédéric Bérat(1801~1855): 프랑스의 작곡가이자 샹송 작가. 그가 작곡한
   유명한 샹송 「나의 노르망디Ma Normandie」는 일명 「내 고향 노르망디를
   보러 가리라J'irai revoir ma Normandie」로 노르망디와 저지Jersy섬의 공식
   찬가이다.
3) Jean-Baptiste Lully(1632~1687): 이탈리아 태생의 프랑스 작곡가. 일생의
   대부분을 프랑스의 루이 14세를 위해 일했다.

제21장

테네브레의 딱딱이

옛날에 기독교인들은 **책**을 테네브레의 **딱딱이**라고 불렀다.

그 책은 종교적 의미(너무 오래되어 사전에서조차 거의 망각된)에서, 회양목 판자 두 장의 위쪽을 가죽 끈으로 꿰매 만들었다.

그 책은 의례儀禮의 필요에 따라 작동되는 순간, 심장을 펄쩍 뛰게 만들었다.

*

오늘날은 오래된 예배당이나 교회 혹은 대성당에서조차 탈脫신성화된, 시끌벅적한, 심지어 방음성의 침묵에서 **신**이나 그의 어둠이나 부재를 느끼기가 아주 드문 일이 되었다!

요지부동인 대형 선박 안에는 언제나 천체의 오래된 영원한 여행이 버티고 있다!

이런 거대하고 현저히 어두운 기이한 외양으로 기억이 회귀한다.

내부에는 늘 일촉즉발의 폭풍우 같은 밀운密雲이 고여 있다.

탄내, 즉 향이나 밀초 냄새가 섞인 듯한, 거의 숲 냄새와 흡사한 야릇한 썩은 냄새 속에 야수들의 오래된 소굴이 숨어 있다.

별이 총총한 어두운 하늘을 배경으로 펼쳐지는 매우 압축된 공연jeu 속에 숨어 있다.

그들은 스톤헨지[1]에서 연기演技했다.

그들은 아득히 머나먼 피라미드 안에서 연기했다.

검은 주사위 하나, 그런 것이 카바[2]이다.

*

예전에, 벽들이 허물어질 듯 휘청거리는 예배당에서, 일곱 살의 어린 복사服事가 주름진 흰색 오브에 휩싸여 층계에 깔

---

1) 영국 잉글랜드 지방의 솔즈베리 평원에 있는 석기시대의 원형유적.
2) '정방형의 건물'이라는 뜻을 지닌 이슬람교의 제1성소. 메카에 있는 이 성전을 향해 이슬람교도들이 예배드린다.

린 카펫 위에 무릎을 꿇고, 두 손을 덧옷 밖으로 내밀어 회양목 서판들을 세게 맞부딪쳐 소리를 냈다. 착석해 있던 신도 전원이 소스라치게 놀라 튀어 올랐다가 이내 유순해졌다. 좌중은 마치 하나의 파도가 일어 둥글게 말리며 올라가다가 다시 무너지듯이 그 자체로 움직이는 하나의 몸을 이루었고, 이슴푸레한 빛 속에서 무릎을 꿇었다.

죽음을 말하는 테네브레의 딱딱이가 중앙 홀의 내벽을 따라가며 점진적으로 멋진 메아리를 울리면서 내는 소리는 원리도 유사하며 그 자체도 **책**에서 유래한 캐스터네츠에서 나는 소리보다 훨씬 더 무시무시했다.

더 메마르고 더 둔탁한 소리가 더 공포스러운 까닭은 예측하기 더 어렵기 때문이다.

단 한 번만 울리므로 예측이 더욱 불가능하다.

죽는 신은 단 한 번 죽어 영원히 죽는다.

'딱' 부딪치는 소리는 어느 성당이든 공간 전체에 크게 울리지만, 두 번 다시 울리지 않는다.

게다가 그 소리가 울리는 즉시 심장은 짓눌리고 고개가 푹 숙여지며 두 손이 기도대로 올라가 움켜쥐어지고, 반바지 아래 드러난 무릎의 맨살이 받침대 밀짚에 긁혔다. 이 순간부터 보기가 **금지된** 두 눈에 눈꺼풀이 내려와 감겼다.

죽어가는 신이 다시 죽으러 왕림했다.

*

　그러므로 모름지기 **신**을 바라보면 안 되었다. 중앙 홀도, 향도, 그림자도, 주변 신도들의 얼굴도, 형성되는 행렬조차 바라보지 말아야 했다. **신**은 죽었고, 종말이 다가왔고, 우리는 신의 부재로 두려움에 떨면서, 보지 않는 것 안에서 보이지 않게 조심하면서, 보이지 않는 무시무시한 다른 세계로 들어섰다.

　Gott ist tot(신은 죽었다),[3] 이것이 바로 **사원**이다. 루터가 로마에 반기를 들 때 하려던 말의 전부다. 그런데 로마도 이 사실을 알고 있었다. 아티스[4] 이래로, 펜테우스[5] 이래로, 오르페우스[6] 이래로, 인류 **역사** 시초의 사람들이 동굴 깊숙한 내벽면에 그린 넘어지는 최초의 인간 이래로 **신**은 죽었고, **여신**은 사라졌고, 야생동물들의 **여수장**女首長도 야수들의 멸종

---

3) 독일 철학자 니체의 말.
4) Attis: 아나톨리아의 프리기아를 기원으로 하는 죽음과 부활의 신.
5) Pentheus: 그리스 신화에 나오는 테베의 왕. 디오니소스 숭배를 막으려다 신의 분노를 사 처참한 죽음을 맞는다.
6) Orpheus: 그리스 신화에 나오는 시인이자 음악가. 죽은 아내를 찾아 저승으로 내려가지만 금기를 어겨 결국 아내를 데려오지 못하고 슬픔에 잠겨 지내다 비참한 죽음을 맞는다.

과 동시에 이 세계를 떠났다는 것을.

*

　"신은 죽었다"라는 말은 **원래** 테네브레 딱딱이의 울림에, 종유식이 벌어지는 소리의 공명에, 위아래 허연 턱뼈가 도로 '탁' 닫히는 소리에 있었다. 왜냐하면 그런 게 꿈을 꾸는 모든 종種이 느끼는 두려움——다른 종의 턱주가리 안으로 사라지는——이기 때문이다. 그래서 일단 '책'이 거칠게 탁 덮이면, 중앙 홀에 신의 수난인 죽음이 엄습하면, 그 즉시 주변은 훨씬 더 고요해지며 모든 음악이 일시 정지되었다. 신도들은 여전히 눈을 내리깐 채로, 더 이상 어느 기도에도 무용해진 기도대의 밀짚 받침대에서 무릎을 펴고 일어나 자리 열을 빠져나와 한 줄로 늘어서 **신**을 먹으러 갔다.

제22장

알페이오스[1] 설화

'강'이라는 단어는 바다에서 끝나는 물의 흐름으로 정의된다.

그런데 어느 날 어떤 강이 바다에서 **나와** 다시 강이 되었다.

심지어 다시 샘으로 돌아가려고 했다.

그리스의 '알페이오스'라는 강이다. 이 강은 펠로폰네소스를 가로질러 흐른다. 엘리스[2]를 적시고 아르카디아[3]에서 굽이를 틀어 레트리노이[4]에서 바다로 흘러든다. 그곳에서 알페

---

1) Alpheios: 그리스의 펠로폰네소스를 가로지르는 강 혹은 강의 신을 가리킨다.
2) Elis: 펠로폰네소스반도 서부에 있는 일리아현. 그리스의 고대 도시국가 엘리스가 이곳에 있었다.
3) Arcadia: 펠로폰네소스주의 현.
4) Letrinoi: Letrini 혹은 Letrina라고도 한다. 엘리스의 고대 도시.

이오스 신은 알몸의 아르테미스[5] 여신을 보게 된다. 그녀는
남성의 성기를 혐오할 뿐 아니라 다른 어느 신보다 훨씬 더
사나운 여신이다. 모든 야생동물의 야성적 여신이기도 하다.
그는 즉시 그녀를 욕망한다. 그녀는 이내 몸을 웅크리고 양
손을 강 하구에 집어넣어 얼굴과 가슴에 진흙을 문질러 칠한
다. 그래서 알페이오스는 여신 앞을 지나면서도 그녀를 알아
보지 못한다. 그는 용감하게 바다로 돌진한다. 바다에 뛰어
든다. 헤엄친다. 가장 먼 기슭에 이른다. 오르티지아[6]섬에 도
달한다. 그의 흐름은 계속 이어지고 욕망은 연장된다. 그는
다시 강이 되고, 그러고 나서 냇물이 되고, 그러고 나서 개울
이 되고, 그런 다음에 샘이 된다.

*

예측 불가능한 재再용출의 탐색. 사랑의 탐색. 어느 날 출
생으로 침몰하여 다시 지상에 귀속되기. 도시와 성채와 터무
니없이 힘든 자신의 전全 존재와 침울한 정주定住성을 떠나
기. 나는 얼마나 애타게 에덴동산으로 다시 들어가고 싶은지

5) Arthemis : 그리스 신화에 나오는 사냥의 여신이며 야생동물들의 수호신.
6) Ortigia : 이탈리아 시칠리아의 작은 섬.

모른다! 모든 존재의 두 원천을, 그것들이 합류하여 사계절처럼 넷으로 변하기 전에, 얼마나 되찾고 싶은지 모른다! 양막에 둘러싸인 고독으로, infance[7]로, 가죽 부대로, 일체성으로, 어둠으로 얼마나 돌아가고 싶은지 모른다!

*

오직 알페이오스강에게는, 지상의 다른 모든 강과 반대로 힘껏 바다에 몸을 던져 바닷물로의 용해를 **넘어서** 강물의 궤적을 거슬러오를 '힘'이 있었다.

짐승의, 조류의, 야생의, 인간의 몸은 어느 것이나 수성水性의, 수생水生의, 해양성의 자기 기원에 관한 **불가능한** 기억으로 인해 **고집스러운** 기억을 지닐 수 있다.

기원이란 충동으로 그 자체가 조수潮水의 야릇한 열매이다.

민물에서 바다까지, 그러고 나서 대양에서 원천까지, 낙하하는 댐의 물을 거슬러 산란의 장소까지 이어지는 연어들의 맹렬한 여정. 나의 기원은 어디인가? 죽을 장소인 원천에 관한 숙제가 하나 있다.

---

7) 라틴어 infant(말 못 하는 어린아이)와 프랑스어 enfance(유년기)를 합성한 신조어로 보인다.

제23장

대나무 테라스들

나는 반쯤 검게 그을린 성냥개비를 마른 흙 재떨이 안에 놓았다.

머리가 좀 기우뚱거렸다.

여송연(로트만블뢰 혹은 던힐루주 혹은 필터 없는 체스터필드 혹은 카멜 혹은 럭키)의 탁하고 짙은 냄새가 밤이 끝날 무렵 요란스레 내려지는 커피의 자극적이고 매혹적인 냄새에 섞인다.

여송연이 초래하는 뇌의 경이로운 흥분은, 영혼이 아직 반만 깨었거나 혹은 겨우 영혼 그 자체일 때, 뇌의 동굴인 두개골 안에서 어지럽게 소용돌이치기 시작한다.

커피가 다 내려질 때까지 참지 못하고 나는 소량의 리스트레토[1]를 따른다.

당시에 우리가 살던 제르비에 거리 1번지의 테라스에서 나

154

는 밤이 끝나갈 무렵 약하게 불어오는 잿빛 바람에 휘어지는 대나무들을 바라본다. 이 지면은 1993년에 내가 쓴 것이다. 나는 커다란 짙은 청색의 도자기 물병을 집어 든다. 일본산으로 교토에서 온 골동품이다. M을 깨우지 않으려고 몹시 삐거덕거리는 나선형 나무 층계를 어둠 속에서 아주 느리게 한 계단씩 아주 조용히 밟아 내려간다. 테라스에 면한 아래층의 서재로 들어간다. 맞은편으로 등나무와 새빨간 사과들이 달린 작달막한 사과나무가 보인다. 물병을 재떨이 옆에, 작업용 소형 침대의 가장자리에 내려놓는다. 어둠 속에서 시트를 젖힌다. 차디찬 하얀색 소형 침대로 들어간다. 여전히 어둠 속에서 침대맡의 불을 켠다. 두 무릎을 올리고 꽉 쪼이게 알몸을 시트로 감싼다. 이따금 겨울에는 하얀색의 도톰하고 포슬포슬한 오브[2] 같은 하얀 목욕 가운으로 감싸기도 한다. 그리고 책을 펼치고 다른 세계로 들어간다. 시간이 허물어져 내린다.

전날 내가 쓴—전날 입력한, 전날 프린트한— 지면들이 꼿꼿한 상태를 유지하도록 하드커버 장정의 표지를 사용한다. 그것은 1890년대에 나의 증조부께서 사용하시던 낡은 파

---

1) ristretto: '농축하다' '짧다'라는 의미의 이탈리아어로 소량의 에스프레소를 짧은 시간에 추출한 진하고 부드러운 커피.
2) 139쪽 주 13 참조.

이프오르간 교본에서 떼어낸 것인데, 교본은 교회 벽 상부의 단상에, 앙스니의 오르간대臺에 아주 깊숙이 박혀 있었다.

두번째 테라스에 면한 작은 침실의 '창을 겸한 문'을 통해 흔들리는 등나무와 투명한 녹색의 아름다운 고사리류 식물들이 전면에 보이고, 그 뒤로 나무들 무리가 보인다. 시간이 빠르게 흐른다. 나는 가끔 시간의 흐름을 끊고 무미한 녹차를 마시거나 명상에 잠긴다. 자주 담배 한 대를 피우며 휴식을 취한다. 연기는 날아오르며 영혼을 취하게 하고, 길을 잃으며 만들어낸 미세한 돌풍 안에서 연기구름을 헤매게 한다.

유리창 너머를 힐끗 바라보니 차츰 동이 터온다. 새들이 지나간다. 새들은 차례차례 '창을 겸한 문' 아래로 날아와 지절거린다.

새벽의 목록에는 우선 노래를 아주 맑고 아주 또렷하게 썩 잘 부르는 티티새가 있다. 티티새의 노래는 모조리 같은 종의 모든 새에게서 훔친 것이다.

심지어 한밤중의 나이팅게일에게,

심지어 밤이 끝나갈 무렵의 울새에게,

날아가서volent 훔치고volent,

더 아름답게 고쳐서,

목소리로 연주하고joueut,

이끼를 뜯고,

156

부리로 땅을 쪼고,

그러고 나면 참새들이,

그러고 나면 길쭉한 잿빛이나 흰색 멧비둘기가 날아와서 새가 가르랑거리듯이 경이롭게 구구거리는 소리가 들려온다.

그러고 나면 이번에는 페르라셰즈 묘지에서 통통한 까치들이 날아와 외침과 호전성과 고통을 지껄인다.

하지만 대부분의 시간에는 침묵이다.

나는 침묵 속에서 독서한다.

그리고 글을 쓴다. 글쓰기란 침묵 속에서 계속 책을 읽는 일이다.

*

글쓰기란 더 이상 우리에게 들리지 않는 그 무엇의 침묵 속에서 우리가 보지 않는 무엇을 읽는 일이다.

*

밤마다 나는 침묵 속에서 꿈을 꾼다.

새벽마다 나는 침묵 속에서 몽상에 잠긴다.

이것이 나의 위험한 삶이다.

*

뱀은 허물을 한 번에 홀딱 벗는다.

도마뱀은 전체 허물의 자락들을 순차적으로 벗는다.

거북이는 작은 소각들의 허불을 하나씩 벗는다.

애틀랜타의 게는 봄에 허물을 벗고, 조지 베닝턴[3]은 게들
을 기름에 튀겨 빵과 빵 사이에 끼워 넣는데,

나는 아침마다 허물을 벗는다.

*

작업실에 새벽이 담뿍 들어찼다는 생각이 들면, 나는 불을
끈다.

이제 참새들이 '창을 겸한 문'을 따라가며 바로 눈앞, 1미
터 거리에서 콕콕 쪼러 오는 시간이다.

그리고 나서 참새들은 잘 휘어지는 나뭇가지에 날아와 앉
는다. 나뭇가지들은 한참동안 요동치다가 차츰 흔들림이 뜸

---

3) George Bennington (? ~   ) : 미국 플로리다주 탐파 출신의 음악가, 작곡가,
음악학자. 탐파 샌드위치에 대한 언급으로 보인다.

해지며 아주 가벼운 몸들을 얹은 채 거의 움직이지 않는다.

이따금 갈색 암티티새들과 몸집이 큰 통통하고 새카만 티티새들이 돌아와 고사리류 식물들 안에서 야단법석을 치며 노닌다.

그런 다음에 내가 도시의 하늘만 보이게 테라스에 쳐놓은 낡고 쪼개진 대나무 울타리 위로 뛰어오른다.

그리고 녀석들 역시 내가 그렇듯이 날아간다.

*

에밀리 브론테는 아침 10시까지는 반드시 '하루 일과'의 절반을 마치기로 정했다. 그 후에는 별반 할 일이 없다고 말했다. 들판에 나가거나, 요리를 하거나, 바느질을 하거나, 수형 피아노를 서투르게 두드리거나, 안락의자에 파묻혀 책을 읽거나, 소파에 누워 죽어도 된다.

그녀는 이 말을 되뇌곤 했다.

"Half his day's work by ten(하루 일과의 절반을 10시까지)."

159

제24장

침대란 무엇인가?

존 던[1]의 글이다. "This bed thy center is(침대야말로 너의 중심이다)."

어느 몸 안에 들어 있는 태아,—어머니인 줄 모르는 채로— 그런 것이 최초의 왕국이다. (어머니의 얼굴보다 더 편안한 어머니라는 장소 안에. 어머니의 시선보다 덜 무서운 풍경 안에.)

한 작가, 그리고 이불들에, 모포들에, 목욕 가운들에, 'schaal'[2]들에, 지면들에, 고양이들에, 담배 연기에, 새들에,

---

1) John Donne(1572~1631): 영국의 시인.
2) 네덜란드어로 (달걀, 조개 따위의) 껍질, 조가비, 껍데기, 등딱지 등을 뜻한다. 여자들이 방한이나 장식으로 어깨에 걸치는 shawl(영어)이나 châle(프랑스어) 대신 발음이 유사한 단어(schaal)를 사용해서 '안전, 보호'의 느낌

그리고 하늘에 덮인 그의 침대.

*

중세에는 침대가 네 가지 요소로 나뉘었다. 침대 틀, 짚을 넣은 매트, 하늘, 포장布帳.

침대 틀은 침대 밑판이라 부르게 되었다.

짚을 넣은 매트는 침구가 되었다.

하늘은 직물로 된 지붕을 떠받치는 네 개의 기둥이었다. 최초의 인간들이 장대 위에 짓던 옛 오두막이 방 안으로 들어온 셈이다.

포장은 빛이나 추위를 막듯이 시선을 피하려고 치던 커튼을 가리켰다.

중세에는 알몸으로 잤다.

여름 이불(길쑴한 모포)인 sagum,[3] 겨울 이불(짐승의 모피)인 laena.[4]

을 강조한 것으로 보인다.
3) 양털이나 염소 털로 짠 투박한 담요를 뜻하는 라틴어.
4) 소매 없는 외투인 망토를 뜻하는 라틴어.

*

legere(읽다)[5]는 lectus(침대)[6]와 관련 있다. 글쓰기가 내면에서 읽은 것을 읽는lit 일이기 때문이다. 침대lit[7]는 Urszene(원초적 장면)[8]의 장소이다. 데카르트가 유년시절부터 라플레슈[9]에서, 그리고 독일에서, 그 후 네덜란드에서 수학할 때 틀어박히곤 했던 poêle[10]은 오직 침대만을 정의한다.

아주 가벼운 오리털 이불조차 없는, 그저 달랑 침대 하나.

신이라면 구유라고 말했을 법한 침대.

이런 lectus[11] —이런 poêle—가 이제는 스웨덴에 없다. 여왕에게 그의 새벽을 빼앗겼기 때문이다. 사람들이 말하듯이 바로크 철학자[12]는 눈 속에서 추위로 죽는 게 아니라 난로와

---

5) 라틴어 동사 lēgo(읽다)의 활용형.

6) 라틴어로 '침대'라는 뜻 외에 '읽은, 낭송된'의 의미가 있다.

7) 프랑스어 동사 lire(읽다)의 3인칭 단수인 lit는 '침대'를 가리키는 명사이기도 하다.

8) 프로이트가 『늑대인간』에서 명명한 '원초적 장면'으로 어린애가 목격한 부모의 성교 장면을 가리킨다.

9) La Flèche: 프랑스 사르트주의 도시.

10) 프랑스어로 '난로, 스토브,' 혹은 '난로로 훈훈해진 방'을 가리킨다.

11) '침대'를 뜻하는 라틴어.

12) 데카르트를 가리킨다. 그는 기숙사 생활에서도 늦게 일어나는 것이 허용될 정도로 몸이 허약한 탓에 늘 아침에 침대에 누워 사색하는 습관을 지니고 있

새벽을 빼앗겨서 죽는다.

*

모차르트는 침대에서 작곡했다. 잠이 깨자마자 아침의 고
요 속에서 10시나 11시까지 작업을 했다. 그러고 나서 자리
에서 일어났고, 하루 일과가 끝났으므로 나갈 채비를 했다.
머리칼을 곱슬곱슬 말고 얼굴에 분을 발랐다. 아직 자고 있는
아내 콘스탄체에게 짧은 메모를 남겼다. "여보, 잘 잤기를 바
라. 감기 조심해. 온종일 마음 상하는 일은 피하고. 밤참 먹으
러 9시에 당신 곁으로 올게. 당신 뺨은 더없이 감미로워."

었다. 그러다가 1649년 스웨덴의 크리스티나 여왕의 초청으로 스톡홀름에
가서 여왕의 철학교사가 되었다. 그런데 새벽 5시부터 강의가 시작되는 고
된 일정을 소화하지 못하고 과로로 폐렴에 걸려 이듬해 사망한다.

163

제25장

이 책이 소판된 가라몽 서체에 관하여

클로드 가라몽[1] 소유의 매우 비좁은 집은 센강 왼쪽 기슭
에 있었다. 집의 입구가 그랑조귀스탱 거리에 면해 있었다.
섬세하게 조각되고 세공된 발코니의 목재 난간 돌출부는 강
물 위로 드러나 있었다. 목판 한 점이 지금까지 전해진다. 차
라리 조각된 나무에 가깝다. 버드나무 한 그루, 오리나무들,
검은 배 한 척, 손수레, 큰 통들이 나무에 새겨져 있다. 동쪽
으로 시선을 돌리면, 생 루이왕[2]이 궁전의 과실수 정원에 짓
게 한 생트샤펠 성당[3]의 매혹적인 첨탑들이 보였다. 그에게

---

1) Claude Garamond(?1480~1561): 16세기 프랑스를 대표하는 가라몽 글꼴
   을 디자인한 서체 조각가.
2) Saint Louis(1214~1270): 중세 프랑스의 최전성기에 43년간(1226~1270)
   통치했던 루이 9세. 유럽에서 가장 기독교적인 왕이다.

는 이륜 수레가 있었고, 그 수레로 강을 따라 자신의 가게로 가곤 했다. 그는 식자공이며 글꼴 창시자였다. 생자크 거리에서 '에몽 4형제'[4]라는 간판을 달고 자신이 디자인한 납 활자들을 판매했다. 1540년 11월 동안 그는 큼직한 '국왕의 그리스어 서체'[5]를 제작했다. 이듬해 4월에는 로마체를 만들었다. 서체를 선택할 여지가 주어지면, 나는 르네상스 시대의 로마체로 내 책들을 찍게 했다. 에마뉘엘 오카르[6]는 활자들을 수작업으로 끈기 있게 식자해서 조판한 다음에 이 기이한 활판을 종이 위에 얹어 누름 손잡이가 달린 인쇄기에 밀어 넣었다. 나는 1971년 11월 내내 내 친구가 나직하고 끈적거리

---

3) Sainte-Chapelle: 1248년 루이 9세의 명으로 파리 시테섬에 세워진 궁정 예배당.

4) 에몽Aymon 4형제(르노Renaud, 알라르Alard, 기샤르Guichard, 리샤르 Richard)는 프랑스 아르덴 지역에서 오래전부터 전해오는 중세 무훈시의 영웅들이다. 조각이나 회화에 자주 그들의 이야기가 등장한다.

5) 당시 프랑스 국왕 프랑수아 1세(문학에 심취하고 여러 언어를 구사했다고 한다)가 그리스어 알파벳의 조판 제작을 명해 만들어진 명조체 계열의 그리스어 활자들이 워낙 우아하고 아름다워 '국왕의 그리스어 서체'라는 명칭이 붙었다. 클로드 가라몽은 이 글꼴을 로마체로도 제작해 상업적으로 성공을 거두었다.

6) Emmanuel Hocquard(1940~2019): 프랑스의 시인, 에세이스트, 소설가이며 번역가. 화가 라켈Raquel과 함께 오랑주엑스포르Orange Export Ltd(1969~1986)라는 작은 출판사를 설립했고, 당대의 뛰어난 시인들의 시집을 말라코프Malakoff의 작업실에서 몇 부씩만 수작업으로 인쇄하기도 했다.

는 목소리로 신호를 주면 기계의 손잡이를 눌렀다. 나는 무엇보다 그런 목소리와 목소리에서 묻어나는 감동을 좋아했다. 문자lettre란 언어활동langage의 본성에 대한 최종 감시자이다. 불신에 휩싸여, 되도록 극도의 불신으로, 자신이 언어에서 끌어내는 힘들을 감시한다. 언어를 드러내는 소리까지 소멸시켜 그저 언어를 떠올릴 뿐 말을 건네는 일이 없게 한다. 우리는 입술을 움직이지 않으며 글자를 읽는다. 텅 빈 기호는 일단 기입되면 일체를 부재로 몰아넣고 본질 자체에만 속하는 침묵을 언어langue에 덧붙이는 까닭에 석양의 매체이다. 만물의 종말을 고하는 궁극의, 어둠의, 종말론의 매체이다. 별밤의 침묵에 점차 녹아드는 황혼의 매체이다. 그는 죽었다. 내 친구 에마뉘엘 오카르는 타르브[7] 북쪽의 눈더미 속에서 죽었다. 2019년 1월 27일 일요일 아침 온통 얼음으로 뒤덮인 산에서였다.

7) Tarbes: 프랑스 가스콘 지방의 도시.

제26장

알려지지 않은 악기, 알려지지 않은 책

쿠프랭[1]은 클라브생[2]의 위대한 거장이었을 뿐 아니라 명연주자였다. 그런데 자신의 손끝에서 클라브생 소리가 아닌 다른 소리가 울리면 좋겠노라고 토로했다. 자신이 사용하는 것이 아닌 다른 악기를 원했던 것 같다. 정확히 어떤 것인지 알지 못했으므로 무슨 악기라고 말할 수 없었을 것이다.

그는 작곡할 때 공간을 가득 채우는 음이 아닌 다른 음을 들었다.

---

1) François Couperin(1668~1733): 프랑스 바로크 시대의 작곡가. 오르간과 클라브생 주자.
2) 피아노가 나오기 전 16~18세기에 인기를 누린 건반악기. 하프시코드라고도 한다. 타현악기인 피아노에 비해 발현악기인 클라브생은 음의 세고 여린 표현에 어려움이 있다.

프랑수아 쿠프랭이 클라브생에 관해 말한 것처럼 나도 밀랍판 서적에 대해 그렇게 말할 수 있을지 모르겠다.

*

생트 콜롱브[3]는 비올라 다 감바[4]에 저음의 현을 한 술 추가했다.

쇼팽, 스크랴빈,[5] 그들로 말하자면 완전히 '자기 악기의 악기들'이었다. 피아노가 없으면 그들도 존재하지 않는다.

굴드[6]도 그러하다.

그런데 옛날에, 즉 고대 말에, 글이 제 얼굴을 지니게끔 만든 매체에 대한 질문을 받을 때마다 나는 대칭의 두 지면을 이루는 형태, 하얀 두 날개를 지닌 야릇한 새의 형태에 만족

---

3) Jean de Sainte Colombe(?1640~?1700): 프랑스의 작곡가이며 비올라 다 감바 연주자. 생애에 관해 알려진 바가 거의 없다. 키냐르가 무명의 그를 발굴하여 『세상의 모든 아침』을 썼다.
4) 첼로의 전신이라 할 수 있는 칠현악기로 15세기부터 르네상스와 바로크 시대에 유행했다. '비올'이라고도 한다.
5) Aleksandr Nikolaevich Skryabin(1872~1915): 러시아의 작곡가이자 피아니스트. 19세기 후기 낭만주의 시대의 신비화음의 선두주자로 알려져 있다.
6) Glen Gould(1932~1982): 캐나다의 작곡가이자 숱한 기행을 남긴 피아니스트. 특히 바흐 음악의 해석자로 유명하다.

하지도 그렇다고 포기하지도 못한다. 글이 지니는, 예전에 지녔던, 지니게 될 이러저러한 형태를 넘어서는 더 놀라운 다른 형태는 없다거나 없으리라고 확신하지도 못한다.

어쩌면 더 과격한, 더 혼란스러운, 더 아찔한, 더 깊이 있는, 더 미증유의, 더 길들이기 힘든, 더 고립시키는, 더 홀로인 다른 고행이 있을 수도 있다.

구어를 한층 더 고요하게 할 수 있는 다른 침묵이 생겨날 수도 있다.

*

독서의 침묵. 침묵은 본성에 속하지 않는다. 심지어 내향성 폭발을 일으키는 거대한 공명인 어둡고 광대무변한 삼라만상의 우주에도 속하지 않는다. 침묵은 언어세계의 기이한 위탁물이다. 17세기부터 완전히 기보된 음악은 침묵에 부쳐진 구어의 끌리는 옷자락의 농축물이다.

*

유럽 음악의—음악을 심장으로 삼는 언어의 배가된 침묵의— 심장은 문학의 숭고한 침묵이다.

*

　18세기 초엽 프랑스에서 프랑수아 쿠프랭이 품었던 환상을 뒤쫓으며 나는, 어느 날, 불쑥 등장하는 '피아노포르테'[7] 한 대를 떠올린다. 그것이 쇼팽과 스크랴빈의 숭고한 그랜드 **피아노일 리는 없지만**.

　문학에는 매체(구어)로 만족되지 않는 무엇이 있다.

　이 문장을 쓰면서 나는 내가 상상하지 않는 무엇을 상상한다.

　in(안에), intus(속에), interior(내부의), intimus(가장 내부의).

　사라진 것을 상상한다.

　그런 것이 **외톨이**Seul의 **연쇄 추리**이다.

　자기 'dans(안)'에서 취하기가 생각하기다. 생각은 내포하기다. 내포는 수태하기다. 수태는 존재를 시작하기다. 존재의 시작은 출생하기다. 출생은 시작을 이어가기다. 글쓰기는 시작의 시작을 거듭하기다.

　내가 어떻게 코덱스[8] 서적보다 더 맘에 드는 것을 상상할

　　7) 피아노의 원래 이름.

수 있을까? 어떻게 코덱스 서적의 책장을 넘기는 손가락들 사이에 다른 것을 떠올릴 수 있을까? 가죽 코덱스의 도래는, 고대의 이집트인, 페니키아인, 그리스인, 로마인이 턱과 손바닥을 사용해 어둠과 심지어 고백하기 어려운 것마저 가렸다-폈다 하며 둘둘 말았다가 쭉 펼쳤다가 다시 감아올리던 기다란 파피루스 두루마리 책에 비하면 참으로 기이하고 대단한 것이었다.

8) 13쪽 주 14 참조.

제27장

가장 감미로운 놀이

키케로는 『투스쿨룸 총서 *Tusculanes*』[1] 제5권 제36장에서 이렇게 말했다. "Quid est enim dulcius otio litterato?(오직 글자들에게만 주어진 여유보다 더 감미로운 것이 있는가?)"

일본에서 선종禪宗 문파의 학자들이 마間[2]라고 부르는 것은 공화국 시대 로마인들이 *otium*[3]이라 부르던 것이다. 로마에서 *otium*은 알렉산드리아[4]에서 *scholè*[5]이다. 그것은

---

1) 원제는 『투스쿨룸 대화 *Tusculanae Disputationes*』. 인간 영혼을 근본적으로 치유하고 위로하는 행복을 주제로 한 철학서.
2) 동안, 겨를, 짬 등을 뜻한다.
3) 한가閑暇, 틈, 휴식, 무위, 유유자적 등을 뜻한다.
4) 기원전 4세기 동쪽으로 원정에 나선 알렉산드로스가 이집트 북부에 건설한 도시.
5) 고대 그리스어로 여가, 조용하고 평화로운 시간을 뜻한다.

제국 복원에 열을 올리던 카롤링거 왕조 치하의 중세에는 *studium*[6]이었다. 학자들이 더 오래된 세계, **신**神 이전의 세계, 구유 이전의 세계, 이집트로의 도피[7] 이전의 세계를 되살리려는 생각에 열광했던 르네상스에는 *humanité*[8]였다. 이 말들은 시간보다 더 긴 존재를 추구하는 욕망들이다. 연구에 몰두하는 사람이라면 누구나 개인이나 점성술, 혹은 가문의 운명보다 더 많고 모험적이고 불확실한 삶을 원한다. 자신을 둘러싸고 있는 것보다 더 넓은 지평을 바란다. 원圓이 끊어지는 하늘을, 시선의 끝에 생겨나는 선이 구름에 흡수되는 망망대해를, 자신을 한정 짓는 수평선보다는 차라리 중단으로 한계를 돌파하는 죽음을 꿈꾼다. 그들은 거의 비현실적인 가능성을 예기豫期한다. 이미 우르크레클로[9]에서 **살아남은 자**Sur-vivant이며 **매우 지혜로운 자**Sur-sage인 아트라하시스[10]가 맨

---

6) 근면, 면학, 학문 등을 뜻한다.
7) 헤로데의 대학살을 피해 마리아와 요셉은 아기 예수를 데리고 이집트로 피난한다(「마태오의 복음서」 제2장, 제13~15절 참조)
8) 프랑스어로 인류, 인간, 인간성을 뜻한다.
9) Uruk-les-Clos : 유프라테스강 동쪽으로 이어지는 습지대에 위치한 수메르계의 도시 및 도시국가.
10) Atrahasis : 메소포타미아 신화에 나오는 홍수 설화의 주인공. 아카드어로 '매우 지혜롭다'는 의미의 이름을 지닌 아트라하시스는 바빌로니아 신들이 일으킨 대홍수에서 살아남는다.

처음으로, 그러고 나서 길가메시왕이, 그 후에 중국의 도교 주의자들이 장수長壽를 추구한다. 그런 다음에 붓다가, 공자가, 예수가 뒤따른다. 장수란 엄밀히 말해 군주적—그리스어로 '귀족적,' 라틴어로 '고전주의적,' 더 최근의 프랑스어로 '엘리트적'— 변신이다. 당장의 일에 완전히 무관심한 채 이 활동에 전념하는 사람들은 점점 더 치밀하고 자발적이고 까다롭고 열렬하고 옭죄고 심도 있는 부단한 실행으로 다른 사회 계층과 영원히 거리를 둔다. luxe pur(순수한 호사). 이 말은 그들의 공적이 오직 그들 자신의 공적에 따른 것이라는 의미이다. 주관적 복합성, 언어의 풍요로움, 환상적 욕망, 깊이 있는 삶, 이런 것들은 로마 어디서나 만날 수 있다. 마치 중국, 일본, 인도, 아이슬란드에서와 마찬가지로, 마치 청춘이나 아득한 유년기와 다시 이어질 수 있는 노화와 마찬가지로, 마치 요지부동의 앉은 자세로 연구하고 관조하는 몸을 출생 이전의 비非운동성non-motricité에 밀어 넣는 경로와 마찬가지로 그러하다. 그리스인들은 문인들lettrés이라 말하지 않고 **엉덩이가 창백한 사람들**이라고 말했다. 그들은 계속해서 태어난다. '수없이 많은 다른 삶들의 도움으로' 자신의 삶을 증가시킨다.

*

독자는 시대, 연령, 시간과 무관한 존재이다. 독서는 꿈꾸기가 아니지만 독자가 시간을 잃는다는 점에서 **꿈꾸기와 흡사**하다. 참된 모든 작품은 시간 안에서 시간을 망각한다. 꿈처럼 시간성의 분리를 알지 못한다. 과거도 없고 미래도 없다. 홍미진진한 것은 하나같이 미래의 부재 및 시간에 대한 완전한 방심이라는 특징을 지닌다.

식사 시간을 건너뛰기, 만날 약속을 잊어버리기, 밤낮을 분간하지 못하기, 이런 것들은 어떤 미래를 얻는 것보다 더 중요한 사건들이다.

게다가 몽상가, 어린애, 노름꾼, 음악가, 환상이나 도착倒錯이나 물신 애호가, 신비주의자, 독자, 석학, 학자, 이들 모두가 시간을 벗어난 사람들이다.

야간 노름, 독송 미사, 은밀한 기쁨, 말없는 독서.

기원 초의 옛 이미지를 보면, 노름을 위한 장소는 그리스도 수난의 밤에 죽어가는 신이 매달린 십자가 아래다.[11]

그들은 가죽 나막신 속에 주사위를 던진다.[12]

그들은 움켜쥔 손의 어둠에서 자기 패의 채색된 카드를 바라본다.

---

11) 죽어가는 예수 옆에서 밤새 주사위 놀이에 몰입된 로마 병사들을 그린 그림들도 있다.
12) 테이블이 없을 경우 가죽 신발에 주사위를 넣고 흔든다.

그들은 손가락과 손등으로 뼈로 만든 공깃돌을 받는다.

노름꾼들은 모두 십자가의 그늘에서 놀이를 한다. 그늘은 폭풍우가 몰아치는 어둠에 더해지고, 어둠은 골고다 언덕에 저무는 밤에 합세한다.

노름꾼들은 모두 그리스도의 죽음을 지키는 경비병들 수중에 있을 그리스도의 옷을 걸고 노름을 한다.

*

내가 프랑스 고전주의에 천착하는 이유는 문학 창작에서 독서 이외의 어떠한 다른 목적도 용납하지 않는 미학을 제시하기 때문이다.

고전주의에서 책은 **신**이 아니라 독자에게 말을 건넨다.

현기증으로서의 독자.

독자는 고전 문학 고유의 **현기증**이다. (낭만주의 문학에서는 책이 저자다.)

*

시에나의 베르나르디노[13]는 도박을 죄, 절도, 좀도둑질, 횡령, 거짓말——실제로 야행성 기도企圖와 도피적 모험에 탐

닉하는 자들이 거의 예외 없이 다다르게 되는— 때문에 정죄
하지 않았다. 단지 그로 인해 노름꾼들이 '인간적이지 않은
비정상적 상태'가 되기 때문에 단죄했다.

노름은 '게임의 규칙'으로 설정된 가상의 규칙에서 본래 완
전히 내생적內生的이고, 게임이 측정하는 임의의 시간 내로
제한되며, 외부 및 집단의 규칙이며 가족 습관, 식사 시간,
심지어 자연스러운 지속 시간, 심지어 성적 욕망까지도 고장
나게 만든다.

그것은 시간을 잊게 하는 시간이다.

사회적 관계와 그 규범 및 구속에 비하면, 가정이라는 감
옥, 그리고 낮에는 업무에 임하고 밤에는 돌아와 휴식하는
규칙적 리듬에 비하면, 노름이란 하나같이 범죄다.

신들의 유기.

타인들의 포기.

십자가 밑의 행복한 절대 derelictio(유기). 폭풍 속에서 폭
풍의 포효마저 잊힌다. 골고다 언덕에서, 카드와 주사위들
위에서 헐떡이다 숨을 거두는 죽은 신조차 망각된다.

노름의 시간은 주도적 시간으로서 다른 시간을 모조리 사

---

13) Bernardino da Siena(1380~1444): 이탈리아 성 프란체스코회의 수사이며
유명한 설교자.

라지게 한다.

흥미롭게도 모든 시간성의 모델은 시간의 내부에서 다른 시간들보다 더 격앙된 계속되는 한 조각으로 구성된다. 다른 모든 지역보다 더욱 폭풍우가 몰아치는 기슭. 격앙된 시간의 한정된 조각은 더 들쭉날쭉한 연속체인 지속의 시간과는 뚜렷이 분리된다.

그것은 마법의 시간이다.

*

모든 진정한 예술 애호가는 **장면**_scène_**에 홀린다.**

독자의 '두 눈'은 양손에 쥔 물체를 주시하지 않는다. 책은 잊히고 시선이 다른 것에 팔려 있다. 시선을 소집한 것이 아닌 본문에 이미 홀딱 빠져 있다. 그러므로 독서는 카르멘,[14] 마법, 세이렌의 노래, 샤먼의 odos(길),[15] 모호한 도道[16]이다. 물론 독자가 더 이상 '시간의 흐름'을 느끼지 못한다고 말할 수는 없다. 그는 통시성通時性이 녹아드는 옛날jadis로 빠져든

---

14) 프로스페르 메리메의 소설 『카르멘』에 팜파탈로 등장하는 매혹적인 여주인공.
15) 고대 그리스어로 여기서는 샤먼이 다른 세계로 인도하는 '길'을 뜻한다.
16) 도가 사상에서 말하는 노자의 '도道'를 가리킨다.

다. 독자는 그 누구도 아닌 오직 망자의 시선을 위해 석관 뒷면에 멋지게 그려진 파에스툼[17]의 다이버이다. 방금 그려서 물감도 채 마르지 않은 듯 생생해 보이는 이 탄복할 만한 회화는 매우 아름다운 그리스 사원의 지하실에서, 에어컨의 미미한 웅얼거림만 들리지 않는다면, 가장 완벽한 침묵 속에서 감상할 수 있다. 카프리섬 맞은편의 이 사원은 육중한 멧돼지 형상의 섬을 향해 뻗어가다가 수직으로 곤두박질치는 깎아지른 절벽에 위치해 있다. 바로 그 아래서는 바닷물이 사원을 집어삼킬 듯이 밀려들어 바다로 뛰어든 세이렌들과 뒤섞일 태세이다.

프시케는 연인들이 성적 포옹에 빠져드는 방식으로 책의 내용을 읽는다.

*

카트린 밀레[18]는 '쾌락에서 육체가 사라질 때' 느끼는 행복

17) Paestum: 이탈리아 나폴리 남쪽 약 80킬로미터 지점에 있는 고대 그리스 유적지.
18) Catherine Millet(1948~　): 『카트린 M의 성생활』(2001)의 저자. 프랑스의 현대미술 평론가이며 미술잡지 『아트 프레스*Art Press*』의 편집장으로 현대미술에 대한 책들을 많이 썼다.

을 묘사한다. 실신 상태에서. 트랜스 상태의 마지막에 온몸
이 허물어지는 신비로운 상태에서. 유출 상태에서. 우리가
글을 쓸 때 다행히 수신자들의 모습은 드러나지 않는다. 다
행스럽게도 그들은 이름이 영혼에 들어오거나 꿈에서처럼
불쑥 얼굴이 떠오르면 제거된다.

성행위에서 일어나는 정체성의 소멸은 독서 중에 발생하
는 개인의 의식 상실과 극도로 흡사하다.

*

책 속으로 뚫고 들어가는 사람의 정체성은 갑자기 바뀌었
다가 사라진다. 오비디우스의 책에서처럼 변모된 다음에 동
물성에 선행하는 식물성 본성에 휩싸인다.

베냐민[19]은 카프카에 관한 책에 이렇게 썼다. "망각된 모든
것은 원시 세계의 망각된 것과 뒤섞인다."

벽 모퉁이에서 하는 독서는 '망각 이후로 몰아치는 폭풍우'
에서 자신을 보호한다.

19) Walter Benjamin(1892~1940): 독일 출신의 유대계 철학자. 문화평론가, 번
역가, 좌파 지식인.

제28장

문인들의 희귀함, 등귀騰貴와 실종

태평양의 전복을 먹기가 어려워졌다. 주문해도 소용없다. 캘리포니아 해안에서는 찾아볼 수 없게 되었다. 전복이 귀해지면서 지난 세기 태평양의 전복 가격은 점진적으로 계속 올랐다. 어부들이 바다에서 전복을 캐기가 더 어려울수록, 수산 시장에서 가격이 더 치솟을수록, 가장 부유한 애호가들의 수요가 증가할수록 가장 가난한 어부들의 소형 어선의 수가 더 늘어날수록, 불법 어업이 더 성행할수록, 욕망이 자원을 더 고갈시킬수록 전복의 감소 속도는 더 빨라졌다.

마침내 전복이 사라졌다.

ormeau(전복)라는 명칭은 라틴어 *Auris maris*(바다의 귀)에서 유래했다.

경고 자체, 실종의 스릴, 이것이 판매의 관건이었다.

생물의 개체수가 위험 수위를 넘으면, 위협 요소인 감소가 급박하게 진행되면서 그 생물의 멸종이 촉진된다. 보호 대책이 나오기는커녕, 보존을 위한 제한은커녕, 잔여 개체들의 감소에 대비하기는커녕, 그것들마저 죽어 생물종이 사라지게 된다. '주기'는 '잃기'이다. '잃기perdre ─ per(완전히)-dare(잃기) ─'는 '완전히 주기'이다. 희소성은 종말을 초래하는 가치를 창출한다. 그렇게 되면 속도가 붙는다. 가장 귀해진 것 특유의 광풍과도 같다.

제29장

Vertumnum Janumque liber…
(베르툼누스와 야누스 성향의 책……)

내 책인 그대는 베르툼누스[1]와 야누스[2]를 연모한다. 그대는 꼭 **뼤닮은 사람들**Sosies의 손으로 멋지게 차려입은 모습으로 출간되기를 꿈꾼다. 그대는 갑자기 그대의 옷을, 스스로 고른 일종의 천 나부랭이를 벗어젖히고 당혹해한다. 그대는 빛을 찾는다. 내가 무슨 생각을 하는 거지? 그대는 이미 사람들의 손을 탔다. 기쁨에 취한 손들이 그대를 내려놓는다. 그

---

1) Vertumnus: 로마 신화에 나오는 계절의 신. 라틴어 동사 'vertere(변화하다)'에서 파생된 이름을 지닌 이 신은 자유자재로 모습을 바꾸는 변신의 신이기도 하다.

2) Janus: 로마 신화에서 문門의 신. 그리스 신화에는 대응하는 신이 없다. 문에 앞뒤가 없다고 해서 두 개의 얼굴을 지닌 것으로 여겨졌으며, 미술 작품에서는 네 개의 얼굴을 지닌 모습으로 그려지기도 한다.

대는 쓰러진다. 구석에 처박혀 소리 없이 좀에 쏠린다. 우티
카[3]에서 레리다[4]로 흔들리며 옮겨진다. 한쪽 무릎이 그대를
밀친다. 성기가 확장되며 부풀어 오른다. 나는 비명을 지른
다. 이따금 한 남자가 자신의 삶 한복판에 쓰러져tombe 소리
쳐 부른다. 하지만 이따금 마음을 열게 하는 것은 그가 기거
하는 방 창문의 나무 덧창 틈새로 흘러드는tombe 따스한 햇살
이다. 창에서 끊임없이 흘러드는 황금빛 액체이다. 빛의 물
결이 엄청나게 넘쳐흐른다. 책을 읽는 남자의 얼굴로 흥건
하게 쏟아진다. 그는 오른쪽으로, 빛이 쏟아져 들어오는 열
린 창문을 향해 몸을 틀었다. 두 무릎 위에 반쯤 펼쳐진 두 지
면 위로 새벽이 흰빛을 마치 눈臺처럼 아낌없이 점점 더 쏟아
붓고 있을 때면 창의 외양이 더 커져 보인다. 빛은 날마다 새
로워진다. 독자의 시선 아래 펼쳐진 책의 파인 골 주위에 모
인 두 손은 언제나 빛으로 충만하다. 옛날이란 아마도 단순
히 태양광 생성의 중심에서 자폭하는 원자핵일 것이다. 그것
은 갑자기 서로를 감전시키는 두 극이다. 그것은 성녀 루치
아[5]가 쥐고 있는 접시에 놓인 아주 어둡고 새까만 매혹된 두

3) Utica: 튀니지 북동부에 있는 고대 도시의 유적.
4) Lerida: 에스파냐 북부 카탈루냐 자치 지역 서부의 도시.
5) Santa Lucia: 시칠리아에서 태어나 304년에 순교한 성녀. lux(빛)에서 비롯
된 Lucia라는 이름 그대로 어둠을 밝히는 순교자로 실제로 눈알이 뽑히는

눈이다. 홍분으로 목이 멘 성녀는 오른쪽 무릎 뼈로 옷의 앞자락을 밀어내며 더 이상 보지 못하는 빛 속에서 앞으로 나아간다. 오직 두 눈만이 그녀를 앞질러 간다. 두 눈을 앞으로 내민 하얀 손 자체도 사라져 보이지 않는다. 이제는 수르바란[6]의 화폭 한 점과 흐릿한 빛깔의 접시에 담긴 두 눈만 있다. 그리하여 오직 두 눈만, 다음 장으로 넘겨지는 두 페이지만, 앞으로 나아가는 하얀 두 페이지만 남는다. 앞지르고 불타오르는 것은 결코 두 페이지를 넘지 않는다. 내가 보기에, 이제부터 사람들의 감정을 움직이는 것은 무엇이든 하얀색의 두 페이지씩 짝을 지어 온다. 책의 지면 한 장을 넘겨봐야 나타나는 것은 언제나 두 페이지이다. 바다처럼 잿빛인 두 눈이 내려다보는 거품처럼 하얀 두 페이지. 이번 생, 그것은 독서였다. 이번 생을 말하기 위해 사용된 명칭이 다름 아닌 그것이기 때문이다. 책, 바로 그것을 우리가 읽었다. 오직 한 글자가 경험과 경험의 도구를 구분 지었다.[7] 시간에서 왔으며 손

형벌을 받았다. 그녀를 그린 성화에는 그녀가 자신의 두 눈알이 담긴 그릇을 들고 하늘을 바라보는 모습으로 그려져 있다.

6) Francisco de Zurbarán(1598~1664): 에스파냐 황금기의 화가로 종교화를 많이 그렸다.

7) 경험은 '책을 읽다lire'이고, 도구는 '책livre'을 가리킨다. 'lire'와 'livre'를 구분 짓는 것은 오직 한 글자 'v'이다.

에 쥐어졌고, 허공에 말을 거는 이 글자에 모든 것이 요약되었다. 이 페이지를 쓰는 동안 마치 일종의 재생revie에 붙일 법한 제목처럼 입속으로 핏덩어리가 넘어왔다. 마치 그 페이지에 빨간색으로 쓴 일종의 제목 같았다. 마치 갓난애가 어머니의 단단하게 부풀어 오른 젖을 빨고 난 직후에 입술에 젖을 올리는 딸꾹질 같았다. 죽는 것은 얼마나 삼미로운 일인가! 딸꾹질이 났고, 재차 딸꾹질을 했는데, 흐느낌은 그렇게 시작되기 때문이다. 또박또박 말대꾸하듯이. 딸꾹질은 살로 변한 미세한 해안 화산의 자기복제가 살아난 것이다. 지진과도 같은 여진들. 내포를 휘젓는 세 번에 걸친 큰 조수의 물결 같은 응수. 화산 분화구에서 돌연 치솟는 폭발 같은 응답. 눈물의, 용암의, 연기의, 그리고 숨결의 딸꾹질. 나는 엉겨 붙은 뜨거운 피가 입술 사이로 흘러나오게 몇 시간이나 입을 벌리고 가만히 있었다. 걸쭉하고 들척지근한 진한 물질이 상반신을 뒤덮으며 흘러내려 침대 시트며 병원의 파란 환자복, 바닷조개의 나전 빛깔 같은 하얀 베개를 적셨다. 죽어가는 롤리우스[8]가 그랬듯이 나는 고통을 잊었다. 각혈에는 고통이 없다. 카프카는, 롤리우스가 어느 날 죽음의 행복에 빠져들

---

8) Marcus Lollius(?B.C. 55~?B.C. 1): 로마 제국 초기의 평민 정치가이자 장군.

었던 것처럼 행복하게 죽었다.[9] 기쁨의 외침 역시 끔찍한 대
기와 이글거리는 태양에 노출되어 조난 상태에 처한 무력한
어린애가 내뱉는 단속적 헐떡임의 흔적이다. 침묵의 발작 역
시 언어에 선행되는 무엇의 역류로서 이미 치아가 돋아 뚫고
나오느라 피를 흘리는 입안에서 언어 습득에 앞서 일어난다.
공기는 딸꾹질에서 멈춘다. 목소리는 책에서 멈춘다. 햇빛은
빛 속에서 사라진다tombe. 책은 시간으로 흡수된다tombe. 젖
가슴은 처진다tombent. 성기는 늘어진다tombent. 육신은 쓰러
진다tombent. 롤리우스가 죽는다tombe. 레피두스[10]가 죽는다
tombe. 어둠이 내린다tombe. 온통 내려앉는다tombe.

9) 프란츠 카프카Franz Kafka(1883~1924)는 40세의 나이에 폐결핵으로 숨졌다.
10) Marcus Aemilius Lepidus(?B.C. 89~B.C. 13/12): 로마의 정치가이자 유명
한 장군.

제30장

낭만적인 것들

자신이 출간하는 작품보다 작가 자신이 더 우선인 책들을 낭만적이라 부를 수 있다. 그들이 쓰는 글의 내용은 출판으로 자신의 운명이 영웅시될 사회를 겨냥한다. 그런 작가들은 나르시시스트, 천재, 아카데미 회원, 신도, 시인, 프랑스의 대귀족 등등이다.

나는 낭만적이지 않았다.

나는 독서 중에 저자가 전혀 드러나지 않는 책들을 좋아했다. 오비디우스에서 플루타르코스[1]에 이르기까지, 페트라르카[2]에서 몽테뉴까지, 루소, 리트레,[3] 말라르메, 가와바타,[4]

---

1) Plutarchos(?46~?120): 고대 로마의 그리스인 철학자, 저술가.

2) 207쪽 주 1 참조.

3) Émile Littré(1801~1881): 프랑스의 의사, 철학자, 정치가이며 사전 편집자.

188

다니자키[5]까지.

한평생을 완전히 책 읽는 데 바치면 위험한 결과가 초래된다.

유배. 침묵. 은둔. 사직. 이혼. 자살. 끊임없이 새로워지는 외로움. 모든 낮뿐만 아니라 밤도, 모든 꿈도, 심지어 글 쓰는 자의 성생활도, 그의 죽음마저도 연루된다.

*

책 속으로 뚫고 들어가는 자의 정체성은 영원히 변한다.

이사이오스[6]는 리시아스[7]를 모방했고, 이소크라테스[8]는 리시아스를 모방한 이사이오스를 모방한다고 주장했지만, 아무도 누군가를 모방하는 데 성공하지 못한다.

『리트레*Littré*』 사전을 편찬했다.

4) 川端康成(1899~1972): 1968년 『설국雪國』으로 노벨상을 수상한 일본의 작가. 자살로 생을 마감했다.

5) 谷崎潤一郎(1886~1965): 일본을 대표하는 탐미주의 문학의 거장.

6) Isaios(?B.C. 420~?B.C. 348): 고대 그리스의 법정 변론가. 이소크라테스의 제자였다.

7) Lysias(?B.C. 445~?B.C. 380): 고대 그리스의 법정 변론가.

8) Isocrates(B.C. 436~B.C. 338): 고대 그리스의 법정 변론가.

헤로도토스[9]는 호메로스[10]를 모방하려고 했지만 호메로스를 모방하지 못했다. 크세노폰[11]은 헤로도토스를 모방하려고 했지만 헤로도토스도 호메로스도 모방하지 못했다. 플루타르코스는 크세노폰을 모방하려고 했지만 크세노폰도 헤로도토스도 호메로스도 모방하지 못했다. 몽테뉴는 플루타르코스를 모방하려고 했지만 크세노폰도 헤로도토스도 호메로스도 모방하지 못했다. 발레리는 괴테도 카유아[12]도 모방하지 못하고 괴테가 되고 싶었던 발레리조차 되지 못했다.

*

그리스가 로마의 지배하에 놓였을 때 고대 세계에 나타난 제2기 수사학의 미학은 이른바 '아티카풍atticiste'[13]이다. "아

---

9) Herodotos(?B.C. 484~?430): 고대 그리스의 역사가.
10) Homeros: B.C. 8세기(생애는 알려진 바 없음) 고대 그리스 최대의 서사시인. 『일리아스』와 『오디세이아』의 저자.
11) Xenophon(B.C. 431~?B.C. 350): 고대 그리스의 역사가, 철학자, 군인. 소크라테스의 제자였다.
12) Roger Caillois(1913~1978): 프랑스의 작가, 사회학자, 문학평론가, 보르헤스 번역가.
13) '아티카'는 고대 그리스의 한 지방으로 그 중심이 아테네이다. 고대 세계에서는 그리스 문화(아테네 문화)를 모방하려는 경향이 있었다.

름다움은 야생이다"라는 것이 슬로건이다. 감정은 규범에 저항하는 것(야생성은 독창성에 예민하듯이 전통에도 과민하게 반응한다)을 참지 못하듯이 규범에도 알레르기 반응을 보인다. 추구 대상은 기원이다. 주체(영웅)도 의미(역사)도 아니다. 따라서 계승은 어떤 경우에도 소유가 아니다. 다음은 괴테가 『파우스트』 682쪽에 쓴 글이다. "네가 선조로부터 물려받은 것, 그것을 취해 소유하라." 인간은 눈yeux이 아니라 시선 re-gards[14]이다. 괴테는 마지막 아티카주의자로서 낭만주의의 경계에 있다. 독창성은 낭만주의와 더불어 나타났다. 그는 낭만주의에 빠지지 않으려고 조심한다. 괴테는 그리스적으로 남는다. 횔덜린[15]이 그리스적으로 남길 원했던 것처럼, 니체가 그리스적으로 남길 원했던 것처럼, 하이데거가 그리스적으로 남길 원했던 것처럼 말이다. 포식동물에게서 배운 처신의 계승에서 비롯된 모방주의는 그리스까지 존속되었고, 그 후 그리스에서 르네상스 시대의 사람들에게까지, 고전주의자들에게까지 이어졌다. 고대 로마에서 아티카주의 학파의 계율은 절대적이었다. 즉 모든 작품은 강물의 흐름이 원천에서 비롯되듯이 선행하는 것을 계승해야 한다는 것이다.

---

14) regard(시선)가 re(다시)-gard(즉 garder—지키기, 돌보기, 간수하기)임을 드러낸다.
15) Friedrich Hölderlin(1770~1843): 독일의 시인, 철학자.

어느 작품이든 그 기원에서 힘을 길어내고, 그 충동(rhusis)을 새롭게 하고, 앞서 살아 있는 자연(physis)[16]과의 관계를 재개하고, 사랑받는 모든 얼굴의 아름다움에서 얼굴 형태를 취해야 한다. 로마는 평화를 표방하는 전쟁의 폐허에서, 마치 불타는 트로이에서 아이네이아스[17]가 주변에서 타닥타닥 소리 내며 타오르는 화염에 얼이 빠진 안키세스[18] 왕을 두 어깨에 짊어지듯이 그리스를 모방해야만 했다. 고대 로마인들은 짐승의 포식을 모방해서 인간이 행하는 사냥의 망보기로 거슬러 올라가는 소리 없는 실행(exercitatio tacita)의 선행성과 우월성을 역설했다. 퀸틸리아누스는 문화와 자연 사이에 단호한 대립이 없다는 사실을 줄곧 암시한다. 인류보다 훨씬 오래된 노련한 기량savoir-faire이 지구라는 행성에 태양별이 만들어낸 자연의 아름다움을 관장하는 방식과 동일하게 종種들 사이에서 무지개 역할을 한다. 패배한 그리스의 유산으로 일단 다듬어진 고대 로마에 따르면, 언어 이전의 오래된 '존재의 방식métier'이 있었으니, 그것이 바로 자연 자체이다. 그것

16) 그리스어로 '자연'을 의미한다. 성장, 변화의 원源으로서의 자연.
17) Aeneias: 그리스·로마 신화에 나오는 영웅으로 로마의 시조이다. 안키세스와 여신 아프로디테의 아들.
18) Anchises: 그리스 신화에 등장하는 트로이의 왕자이며 다르다니아의 왕으로 아이네이아스의 아버지.

은 아테네 스토아학파 사람들이 말하는 hormè[19]로 로마 기독교인들이 하늘 심층에서 행해진 creatio(창조)로 받아들였다. 자연이 '신의 작품'으로 여겨진 것은, 역사의 기록이 어떠하든 간에, 그들에 앞서 로마 스토아학파 사람들의 생각이었다. 이런 견해를 로도스의 파나이티오스[20]가 최초로 옹호했다. 무엇으로도 막을 수 없는 genius(재능)의 잔재나 기발함의 잔재는, 비록 우리가 자연계에서 성가신 존재가 되었을지라도, 짐승들에게서 훔친 사냥을 통해 그들로부터 우리에게, 이를테면 곧바로 전해진다. 이런 의미에서 ingenium(재능)은 physis(자연) 자체에 속한다. 거장이 반드시 신일 필요는 없지만, 아무튼 그는 인간일 수도 주관적이거나 역사적일 수도 없다. 천재는 결코 한 사람일 수 없다. 영혼에서 지배적인 무엇을 대체할 수 있어야 한다. 아리스토텔레스는 『시학』 1,460쪽 a[21]에서 이렇게 말했다. "호메로스는 모방의 왕자이므로, 과거의 왕이다. 모든 모방을 모방하는 것이 목표로 삼는 바는 형식의 과거뿐만 아니라 **준거가 되는 기쁨의 과거**이기도 한데, 왜냐하면 어느 작가나 모방 행위를 하는 데 사용된

---

19) 빅뱅처럼 순간적인 격렬한 움직임을 뜻하는 그리스어.
20) Panaitios(?B.C. 185~?B.C. 110/109): 그리스의 스토아학파 철학자.
21) 『시학』의 베커 판본(Immanuel Bekker, *Aristotelis Opera*, Berlin, 1831)을 준거로 1,460쪽 왼쪽 단을 가리킨다.

작가들의 지나간 쾌락volupté의 아들이기 때문이다."

*

모방은 적극적이고 활기를 불어넣는 것으로 뛰어오름, 노약, 시간 자체를 불시에 덮치거나 시간 자체를 추월하려는 점프, 야수의 힘인 orexis(식욕), 맞장뜨는 생의 약동인 alkè(추진력), 어떤 위험을 무릅쓰더라도 심해를 향해 두 팔을 내뻗는 다이버로 여겨진다. 그의 목적이 위험이나 죽음이 아니라 **가장 깊은 곳에서 다시 올라오기** 위한 것이기 때문이다.

디오니소스[22]는 **지옥**에서 어머니의 유령을 만나려고 레르네 호수[23]의 바닥없는 심연으로 뛰어든다.

de profundis(깊은 곳에서). 깊은 곳에서 나는 외친다. 그렇다, 나는 울부짖는다. 그런데 어떤 심연의 깊은 곳에서인가? 이 심연은 어떤 것인가? 내가 비롯된 심연인가? 하늘의 심연인가? 하늘의 **바닥없는** 심연인가?

예술은 바닥없는 것의 바닥을 건드린다. a-bîme(심-연)의 바닥에, 레르네 호수의 바닥에, 티라니아해의 바닥에, 모방과

---

22) Dionysos: 그리스 신화에 등장하는 술의 신. 로마 신화에서는 바쿠스Bacchus 이다.
23) 고대 그리스의 남부 아르고스에 있는 늪지대.

형태학과 삶의 대양 밑바닥에 가 닿는 르네상스의 발길질. 외관들이 번쩍이는 가운데 '더욱 생생한' 것으로 자연의 아름다움이 극도로 떠오르는 가운데, '기원'으로서의 아름다움이 서정적으로 헐떡이는 가운데 온 힘을 다해 대기에 드러날 듯 말 듯 빛에 닿을 듯 말 듯 다시 올라오는 반사적 움직임.

그것은 여전히 반쯤 파도에 잠긴 채 자신의 이름이 된 거품(aphros)에 휩싸여 바닷물이 줄줄 흘러내리는 아프로디테[24]이다.

아프로디테, 바로 그녀가 디오니소스의 숭고한 진짜 얼굴이다.

바다에 있는 아프로디테 뒤에는 원천에 있는 아르테미스가 있다.

*

모든 위대한 시대는 태양 빛을 듬뿍 받은 시스템에 적합한 시간의 절대적 재再개시다.

아이온[25]은 자신을 낳은 태양에 의해 끊임없이 재해석되는

---

24) 그리스 신화에 등장하는 미와 사랑의 여신. 로마 신화의 디아나Diana.
25) Aion: 그리스 신화에서 시간과 관련된 신. 크로노스가 시간을 과거, 현재, 미래로 나누었다면, 아이온의 시간은 무한하며 영원하다.

이러한 세계의 시간이다.

할리카르나소스의 디오니시오스[26]의 글이다. "항상 불길을 연기가 아닌 불과 연관시키도록 하시오."

모든 위대한 시대는 본원적 풍경을 몽상하게 한다. 태양의 새벽을 몽상하게 한다. 완전히 새로운 봄을 몽상하게 한다. 테베레강에서, 토스카나[27]에서, 유프라테스강[28]에서, 센강에서, 도쿄만에서, 아이슬란드의 김이 피어오르는 섬들에서, 보스포루스 해협을 건너는 그토록 수많은 작은 배들에서, 황하黃河 연안에서, 루소가 떠돌던 알프스의 호숫가에서, 에페수스에서, 사냥의 여신 아르테미스의 신전에서, 최초의 책 옆에서. 위대한 예술작품은 모두 원천에서 흘러나오는 듯하다.

본원에서 흘러나오기.

우거진 잎들에서 솟구치는 산의 급류.

마티스의 작품에서 솟아나는 갑작스러운 빛.

카라바조[29]가 그림을 그릴 때 느닷없이 모든 형상을 잠식하는 거대한 어둠.

---

26) Dionysios(?B.C. 60~?B.C. 7): 그리스의 역사가이자 변론술 교수.
27) 이탈리아 중서부 지역으로 주도는 피렌체.
28) 서아시아 최대의 강. 터키에서 발원하여 시리아와 이라크를 흐른다.
29) Michelangelo Merisi da Caravaggio(1571~1610): 이탈리아의 화가.

제2의 수사학[30]에 표명되어 있듯이, 설사 모든 예술작품이 기원에서 비롯된다 할지라도 그 기원을 기다리는 데 때로는 수세기가 걸린다.

나는 완전무결하고 단조로운 문체나 순수주의 문체를 싫어한다. 문체는 그 자체에서 엄지 아래 느껴지는 도살하려는 짐승의 동맥 박동을, 그리고 수액의 폭력을 느낄 수 있어야 한다. 수액이란 올라가고, 일으키고, 안쪽으로 휘게 하고, 여성의 성기를 파도처럼 부풀릴 뿐 아니라, 식물적이고 몰개성적이고 충동적이고 예측 불가능하며 자율적인 남성의 성기를 불현듯 살아 움직이게 한다.

30) 15세기 프랑스에서 오래된 토속적 운문(시)에 대한 설명으로 쓰이기 시작한 용어. 제1수사학(산문, 중세 라틴어로 쓰인 글, 성직자의 저작물)에 대립한다.

제31장

옛날의 냄새

프로이트와 페렌치는 여름이면 다시 만나 버섯을 채취하러 가곤 했다. 걸으면서, 말없이 한 줄로 전진하면서 지팡이 끝에 달린 쇠로 썩은 낙엽들을 밀쳐가며 자신들의 종다래끼를 채웠다. 그것이 그들의 기쁨이었다.

제1차 세계대전이 발발하자 그들의 의례적 만남이 중단되었다. 그들의 소요逍遙에도 제동이 걸렸다. 이론의 변화가 막히면서 그 중요성이 감소되었다. 사고思考가 멈췄다. 일종의 사랑도 해체되었다.

*

버섯을 채취하러 가면 영혼이 땅에 닿을 듯 말 듯 내려앉는다. 아무런 생각도 나지 않는다. 전날 혹은 전전날 기적을 약속하는 비가 내린 후에 덮개를 씌운 듯 울창해진 숲의 어둠속으로 들어간다. 몸을 숙이고 냄새를 따라 앞으로 나아가며 눈으로는 드러난 뿌리들과 이끼 바로 위에 검게 변한 잎들 사이를 더듬는다. 자유연상의 시선이 지면을 헤집는다. 흠뻑 적셔진 숲의 인간적이고 항구적인 어둠을, 부식토 냄새를, 오모[1] 냄새를, 아직도 흥건하게 젖어 물이 뚝뚝 떨어지는 나뭇잎들 아래 피어난 즙 많은 세프[2] 냄새를 들이마신다. 무거운 두 다리로, 첩첩이 얽힌 잔가지들과 자그만 잡목들과 이미 붉은빛을 띤 고사리들 아래에서, 여름이 끝날 무렵에, 8월의 뇌우 속에서 이미 메말라 굳어가는 진흙 속에 핀 연한 노란빛 지롤[3]의 냄새를 들이마신다.

불안에 휩싸인 몸 위로 불현듯 옛날의 냄새가 떠돈다. 나지막한 초목으로 이끄는 것도, 얼기설기 얽힌 오래된 나뭇가지들로 이루어진 어두운 덮개에 생명을 부여하는 것도 바로 이 냄새이다.

그것은 육신을 감싸는 오래된 용기容器이다.

1) 식용버섯의 일종.
2) 식용버섯인 표고.
3) 식용버섯의 일종.

*

　1997년 시베리아의 돌간인[4]들 거주지에서 2만 년 된 매머드가 발견되었다. 타이미르반도[5]에서였다. 보존 상태는 추위 덕분에 놀랄 만한 정도였다. 배를 가르자 얼마나 지독한 냄새가 나던지! 그렇게 해서 2만 년 동안 위 내부에서 죽음으로 멈췄던 소화 상태의 연구가 가능했다.

　발견자가 적갈색 털 뭉치를 찾아냈던 것 같다.

　과학자는 즉시 '야수들의 냄새와 흡사한' 냄새를 맡았노라고 보고서에 기록했다.

　이 표현은 '자르코브'[6]라는 이름의 발견자가 사용한 것이었다.

　야수들의 냄새가 아니라 지금의 야수들의 냄새에 가까운 près, 앞선prae, 인접한proche 어떤 냄새이다.

---

4) 러시아 북극권에 거주하는 소수민족으로 소멸 위기 10위 안에 든다. 튀르크어를 사용한다.

5) 유라시아 대륙 최북단에 위치한 지역으로 북극해와 접해 있는 광활한 시베리아 툰드라 지대.

6) Jarkov(Zharkov)는 1997년 시베리아에서 얼어붙은 매머드를 발견한 돌간인으로 매머드도 그의 이름을 따서 자르코브 매머드라 불린다.

*

개인의 신체에서 가장 개인적인 것은 개인적이지 않은 어떤 흔적이다.

현재적이지 않은.

동시대적이지 않은.

야생적이 아닌. 야생적인 것에 가까운.

티투스 리비우스[7]는 진리란 다른 자의 흔적이라고 썼다. Vestigium alieno viri(다른 자의 흔적). '자기 자신'은 자신보다 더 오래된 '자신'의 자취이다.

예전autrefois이 아니라 옛날jadis에 속하는 고참 선배가 있다.

지속은 시간과 **이웃하고** 있지만 **포옹의 흔적**(각자의 몸과 다르지 않은 것. 사라진 포옹의 흔적. 머나먼 별 주위의 행성)에 상존한다.

현재에 깃든 옛날의 흔적. 우리는 우리에게서 비롯되어 우리 자신에게로 온 게 아니다. 오직 시간만이 그 자체로부터 끊임없이 온다.

우리 얼굴의 이목구비조차도, 우리의 이름조차도 우리 것이라 말할 수 없다.

---

7) Titus Livius(?B.C. 59~A.D. 17): 고대 로마의 역사가.

우리는 불과 몇 년 전 육체에 깃든 영혼보다 늘 더 오래된 다른 육체 '가까이près'로 허겁지겁 달려든다.

*

이런 것이 현손présence이나. 즉 존재했던 것의 현존praesence. 지속적으로 손가락들을 근질거리게 하고 앞으로 입을 내밀게 만드는 이러한 '인접près.'

진상眞相의 후산後産. 기이하게 등을 맞댄 영혼은 그저 메아리칠 뿐이다.

우리는 예전에 우리 자신이었다가 열렸고, 찢어졌고, 상실되었고, 사라져버린 주머니 안에서 살았다.

우리는 방수된 동시에 다공질이며 끊임없이 굼실대는 살갗에 감싸여 있다. 열 개의 구멍은 환각에 사로잡혀 있다.

*

성적인 포옹에 앞서 우리는 아직 서로를 탐색하는 이러한 '인접'이고, 앞으로 내미는 입이고, 거머쥐려고 저절로 오므리는 손이다. 어머니의 젖가슴을 움켜쥐는 어린애의 조막손과 같다. 사랑하기는 거머쥐기다. 글쓰기도 거머쥐기다. 공

202

간 내의 다른 육신—자신이 어머니가 되리라는 것을 아직 모르는, 어떤 출생도 예견하지 못하던—은 하나같이 '오래전 숙주였던 육신'의 유물이기 때문이다. 우리는 엄지를 입안에 밀어 넣어 물고 빨고 쥐고 짠다. 두 손을 깍지 끼어 꽉 죄어 서로 엉겨 붙게 한다. 작은 손톱과 지골을 손가락 근육에 맞대 힘껏 움켜쥔다. 잠들 때는 더욱 세게 손을 움켜쥔다. 우리는 죽은 자들의 흔적이다. 망자들은 육신을 얻기를, 아쉬움을 구현하기를, 과거에 의해 하나가 되기를, 옛사람을 귀환시켜 그의 힘으로 우리를 확장시키기를, 자신이 어둠 속에서 육신이 된 다음에 어둠에서 벗어나기를 꾀한다.

모든 얼굴은, 모든 폐허는, 모든 흔적은, 모든 육신은 우선 과거가 지나가면서 지나갔다는 증거를 제공한다.

모든 기호는 그것에 앞선 무엇이 그것을 우선 표지로 설정했음을 나타낸다.

침대에 묻은 모든 얼룩은 어느 성기가 사정射精을 했으며, 쉰 목소리를 지닌 육신이 가장 오래된 숲에 그 장소를 유기했음을 상기시킨다.

*

사냥꾼은 흔적을 사냥하러 가는 게 아니다. 자신보다 오래되고 흔적보다 오래된 야수를 찾으러 간다. 그에게 보이지 않는, 그에게 스며든, 그가 경탄해 마지않던, 그가 뒤쫓고 있는 이 짐승은 안 봐도 눈에 선할 정도로 여전히 욕망의 대상이다. 그는 이 짐승을 꿈꾸는 까닭에 자신도 모르게 그것을 뒤쫓는다. 그것이 남긴 배설물을 보고, 부러뜨린 나뭇가지를 보고, 뽑힌 털을 보고, 뭉개진 이끼를 보면서 놈을 상상한다.

그들이 살피는 이 글자들 안에 이미 부재가 존재한다.

벌써 그들은 읽는다.

고대 로마에서 reliquiae[8]라는 말은 여전히 배설물, 인류 이전의 사냥의 보물을 의미했다.

중세 유럽의 성당에서 사용하던 memoria[9]라는 용어는 순교자들의 성유물을 안치한 지하 납골당을 가리켰다. 성유물함에는 뼈, 가죽, 포피, 머리칼, 치아들을 보관했다. '내-버림 de-relictio의 버림relictio,' 즉 그리스도 수난의 과거—가장 에로틱한 그리고 되도록 가장 생식적인 의미에서—는 출생 내부에 존재하는 육신의 근원이다.

8) 남은 것, 잔여, 찌꺼기를 뜻하는 라틴어.
9) '기억'을 뜻하는 라틴어.

*

이 세상에 유령 하나를 남기기는 죽기이다.

흔적 하나를 남기기, 그것은 지나갔고 사라졌음이다.

글자 한 자를 남기기, 그것은 멀리 떠났음이다.

자취는 시간을 지형에 끼워 넣는다. 손을 움켜쥐는 까닭은 사랑하는 자의 육신이 귀환하도록 요청하기 위해서다. 혹은 최소한 그 존재를, 살을, 냄새를, 냄새의 확산을, 지속을, 시간을 팽창시키는 지속의 숭고한 내향성 폭발을 붙잡기 위해서다. 그 장소에는 시간의 '압축tension'이 기거하는 '팽창들distensions'의 수만큼 궤도들과 그 자국들이 새겨진다. 구멍, 원천, 구렁, 공동空洞, 주름, 고치, 구석, 귀퉁이requoys의 수만큼 상감된다. 궤도들과 그 자국들로 인해 환경의 직접성이 손상되고, **타자**Alter가 지나간 **대림절**Avent[10]로 옮겨지고, 찢어진다. 표지標識는 상상의 태생胎生 주머니를, 흔적으로 남은 알코브[11]를, 새의 둥지를, 곰의 굴을, 고양잇과 동물의 은신처를, 태아가 몸을 말고 숨는 주머니를 육신의 상류를 향해 불현듯 투영한다.

10) 예수의 탄생일인 크리스마스까지의 준비 기간.
11) 서양식 건축에서 벽의 한 부분을 쑥 들어가게 만들어놓은 공간.

모든 여자와 모든 남자가 매일 취침 전에 새것으로 바꾸는 시트, 침대 커버, 어둠이라는 일종의 가죽 부대.

인간이 한때 체류했으나 공간에 있지 않으므로 공간 어디서도 찾아낼 수 없는 동굴.

제32장

페트라르카가 키케로에게 편지를 쓴다

1345년 6월 초, 한 젊은 수사가 페트라르카[1]에게 키케로[2]의 서한들을 가져왔다. 중세에 수도원을 피난처로 삼았던 모든 지식인이 영원히 사라졌다고 믿었던 편지들이다.

그는 신중하게, 조심스럽게, 테이블 융단 위에서 낡은 두루마리를 펼쳤다.

그는 읽었다.

그리고 그것이 진품임을 알았다. 그는 그때까지 아무도 알지 못했던 이 낡은 양피지 두루마리를 경탄의 눈길로 바라보

---

1) Francesco Petrarca(1304~1374): 이탈리아의 시인, 인문주의의 선구자. 그는 자신이 키케로의 서한들을 발굴한 것을 이탈리아 르네상스의 출발이라고 말한다.
2) 68쪽 주 2 참조.

며 정갈하게 씻은 마른 두 손으로 천천히 판판하게 펴면서 몹시 조심스럽게 펼쳤다. 그리고 매료되어 읽었다. 좀더 정확히 말하자면 **읽는다**. 왜냐하면 독서가 열정적이 되는 즉시, 열광적이 되는 즉시, 독서에서 영감을 받게 되는 즉시 시간을 잊게 되기 때문이다. 페트라르카의 흥분은 곧 극에 달했다. 6월 16일 그는 펜을 집어 든다. 그에게 편지를 쓰고 싶어서다. 곧바로 라틴어로 쓰기 시작한다. 자신이 방금 읽은 이 지면들을 작성한 키케로에게 감사를 표하고 싶다. *Franciscus Ciceroni suo salutem...* (프란체스코는 친애하는 키케로에게 인사를 드린다……) 그는 무려 1,400년의 장정長程을 마치고 자신에게로 온 그의 편지들을 언급한다. 그가 떠난 이후의 세상이 어떻게 흘러왔는지 설명한다. 죽음 너머로 자신이 말을 걸고 있는 그의 존재를 믿는다. 그의 정치적 과오들, 바람직하지 못했던 정치 참여, 터무니없이 비겁했던 행동들을 비난한다. 자신을 당혹스럽게 하는 모든 것, 이해할 수 없는 것, 탄복하는 것, 좋아하는 것에 대해 말한다.

페트라르카는 그가 가에타[3] 해변에서 묵묵히 맞이한 놀랍도록 영웅적인 죽음을 칭찬한다.

그의 혀는 잘리지 않았으나 끈으로 묶여 고정되었다.

3) 68쪽 주 1 참조.

마르쿠스 툴리우스 키케로에게 쓴 페트라르카의 편지는 놀랍게도 이렇게 끝을 맺는다. "*Apud superos ad dexteram Athesis ripam in civitate Verona Transpadane Italie, XVI kalendas quintiles anno ab ortu Dei illius quem tu non noveras, MCCCXLV*(살아 있는 자들의 세계에서, 포강 저편의 이탈리아에서, 베로나[4] 도시에서, 아디제강[5] 오른쪽 기슭에서 당신이 알지 못했던 **신**의 탄생 이후 1345년 6월 16일)."

*

말하기가 시대를 벗어나게 하듯이 글쓰기는 지역을 벗어나게 한다. '나'라고 말하기(너에게 말하기)는 '즉자卽自[6]로서의 타인l'autre en soi'의 영원한 확장이다. 페트라르카는 다른 시대가 도래했으며, 다른 **신**이 사람들을 보호하거나 내친다는 사실을 강조하면서 키케로에게 실제로 말을 건넨다. 대화는 말하는 자의 입에 두 가지 인칭을 부여한다. 글쓰기는 읽는 자에게 두 가지 시간을 제공한다. 즉시 사라지는 시간과

---

4) 이탈리아 북부 베네토주에 속한 고대 로마의 요새도시.
5) 이탈리아 북동부를 흐르는 강.
6) 헤겔 변증법에서 그 자신이 독립적으로 존재하는 상태. 대자對自(의식적 존재자)에 대립된다.

다가오는 시간이 번갈아 이어진다. 순수한 상실은 항상 우리가 태어날 때 어머니의 세계에서 비롯된 상실을 가리킨다. 어린애가 빛의 기슭—*in luminis oras*—에 도달하기, 그것은 자궁에서의 즉각적 포만의 소멸이며, 일종의 살아 있는 조수처럼 몸 안으로 몰려들어 영혼psychè을 만들어내는 놀라운 대기의 침입이다. 하지만 그것은 곧 죽음과 허기와 추위의 위협이 된다. 그것은 태생적 조난의 공포이다.

*

프랑스어 단어들은, 불안이 유년기의 첫해 말에 태생적 공포에서 비롯되듯이, 중세 초기에 라틴어에서 유래한다.

모든 라틴어 단어가 내게는 언제나 프랑스어의 마술 단어들처럼 여겨졌다.

라벨이 콜레트[7]와의 협업으로 파리에서 작곡한 「어린이와 마법L'Enfant et les sortilèges」[8]이 예전에 빈 공연 당시 포스터에

---

7) Sidonie-Gabrielle Colette(1873~1954) : 프랑스의 작가.

8) 라벨이 쓴 두 편의 오페라 중 첫번째 것. 동화를 주제로 한 오페라의 음악을 청탁한 콜레트와 협업으로 1919년과 1925년 사이에 작곡되었다. 공연 시간은 40~50분 정도이며, 고양이 두 마리가 함께 부르는 '야옹 듀엣Duo miaule'이 유명하다.

독일어로 *Das Zauberwort*라고 기재되었다.

주문呪文.

내가 성가대 소년이던 시절, 폐허로 변한 르아브르드그라스[9] 항구에서는 미사가 라틴어로 집전되어 늘 이해할 수 없었다.

산스크리트어로 그것은 *Brahmodya*인데, 축어적으로 '브라만[10]-의-언표'로서, 의례상의 수수께끼라는 의미이다.

수수께끼.

브라만은 간략한 문구의 말 없는 전달자다. 수수께끼(브라만)는, 구석기 시대 사냥꾼이 빙하로 황량해진 산 중턱에서 막대 투창기인 lituus[11]를 지닌 것과 마찬가지로 자신의 *littera*(문자)를 지닌다. 간결한 말parole, 머리를 스치는 섬광, 활력을 주는 단어mot, 이 셋이 동시에 담긴 문구. 루이 르누[12]는 이렇게 썼다. "브라만은 말로는 표현할 수 없는 것을 말을 사용하되 수수께끼라는 우회 수단으로 이해를 도모하는

---

9) Le Havre de Grâce: 르아브르 항구의 옛 이름.
10) 흔히 브라만이라 부르는 婆羅門(브라마나)은 인도 카스트 제도에서 가장 상위 계급인 성직자, 학자를 가리킨다.
11) 조점사鳥占師의 (상부가 구부러진) 지팡이를 가리키는 라틴어.
12) Louis Renou(1896~1966): 프랑스의 인도학자.

에너지를 가리킨다."[13] 바로 그런 게 정확히 글쓰기다. 베다 문헌[14]에 나오는 산스크리트어인 '*brahman*'은 어디서나 '희생의 비밀'로 번역되어야 한다. 이 비밀은 인간으로 육화된 '*significe*'[15]이다. *brah*는 애초에 '혀로 말하기'를 의미했거나, 혹은 더 정확하게 '짐승의 울음소리로 말하기'를 뜻했을 것이다.

'샤라드[16]로 말하기'는 샤먼의 외침으로 거슬러 올라가 반♀수수께끼 반♀불가사의 회전문에 꿈의 본래의 그림문자들을 복원시킬 수 있을 것이다.

그것은 입을 벌리고 알쏭달쏭한 말들을 쏟아내는 스핑크스이다.

'학살'을 둘러싼 두 어금니 사이로 크게 벌어진 고르곤[17]의 턱주가리에서 유래한 매혹.

---

13) 브라만梵은 산스크리트어로 '힘'을 의미한다.
14) 고대 인도의 종교 지식과 제례 규정이 담긴 문헌으로 브라만교의 성전聖典을 총칭한다.
15) '**signifi**cation(의미/의미작용)의 sacrifice(희생, 제물)'라는 의미로 두 단어를 합쳐서 만든 신조어로 보인다. 즉 정확한 의미를 짓뭉개서(희생시켜) 짐승의 울음소리처럼 들리게 말하기를 뜻하는 것으로 짐작된다.
16) charade: (한 단어를 여러 음절로 나누어 맞추는) 문자 수수께끼 놀이. ex. Mon premier est un métal précieux (or), mon second est un habitant des cieux (ange), mon tout est un fruit delicieux (or + ange → orange).
17) 그리스 신화에 나오는 괴물(세 자매)로 흔히 메두사를 지칭한다.

상아로 된 자신의 **문**들을 여는 **지옥**의 아가리.

표면에서 표면으로, 칼날에서 칼날로, 방패에서 방패로, 유리 마개에서 유리 마개로, 거울에서 거울로, 상아에서 상아로 재투영된 최면술사의 시선.

기호signe, 그것은 언제나 죽어가는 신이다. 다음은 의미작용signification에 관한 이야기다. 죽어가는 사람이 쓰러진다. 그것은 머리가 뒤로 젖혀지는 죽어가는 들소이다. 그것은 머리가 오른쪽으로 숙여지는 열상을 입은 황소이다. 그것은 어머니 쪽으로 고개를 숙이는 십자가에 못 박힌 남자이다.

태생적이라기보다는 오히려 이전의 수수께끼.

하얀 지면에 쓰인 탈脫의미론적asémantique, 늘 첫번째의, 늘 유혈이 낭자한, 솟구치는, 퍼덕거리는 수수께끼.

라틴어 arena—프랑스어에서 arène이 된—[18]는 경기 시작 직전에 매번 원형경기장에 깔아 갈퀴로 긁어 고르는 하얀 모래를 의미했다. 모래가 하얀색인 것은 자살하거나 살해당하는 모든 이들, 즉 죽음에 처한 여자들, 남자들, 아이들, 짐승들에게서 뿜어져 나오는 피가 집단적 기쁨에 휩쓸려 목이 터져라 고함을 지르는 관중에게 더 선명하게 보이게 하려는 의도에서였다.

18) 모래, 모래마당 혹은 모래가 깔린 원형경기장, 투우장을 의미한다.

일단 언어가 쓰여져 문자로 발현되면 회귀하는 한결같은 수수께끼. 이런 역행은 불가사의하다. 이런 '불가사의한 역행'이 독서를 정의한다.

*

어째서 나는 페트라르카처럼 하는가? 어째서 평생 동안 라틴어 문장들을, 마치 곡물 생산자가 밭에 보리 씨앗을 뿌리듯, 내가 쓰는 텍스트 도처에 어쩔 수 없이 성가실 정도로 끌어다 써야만 했던가? 유럽의, 제국 시대 로마의, 그리고 중세 기독교의, 그 후 계몽주의 시대 학자의 상호텍스트성은 라틴어였다. 2천 년 이상 지속된 이런 상호텍스트는 끊임없이 가지를 뻗으며 가치를 부추겼다. 내가 걸음마와 읽는 법을 배웠던 도시는 물에 잠겼다가 완전히 파괴된 전쟁 무기고의 끔찍한 폐허였다. 중세는 나의 유년기였다. 내 이름——Pascal——이 죽은 **신**의 **수난**Passion을 대체하듯 내 유년기는 르네상스 시대에 설립된 허물어진 남자 고등학교의 작은 예배당에서 미사 일을 도우며 시작되었다. 그리고 소년이 되어 루아르 강변의 축축하고 먼지투성이의 앙스니 교회의 오르간 주자가 되면서 끝났다. 나는 황금빛 미광에 휩싸인 누대樓臺의 높은 곳에서 오르간의 온갖 파이프 열列을 잡아당기며

214

연주를 했었다.

로마 제국의 옛 원로원으로 인해, 성경의 라틴어판 구약과 신약의 지속적 출현으로 인해 사고 내용에 관한 유럽의 **준거**는 사어死語가 된 언어의 기저에서 분리되었다.

독자는 2천 년 이상 세월이 흐르는 동안 마치 자신의 제3의 속성을 참조하듯이 줄곧 라틴어에 의거했다. 그것은 자기 개인의 야수였다. 자신의 사자, 자신의 독수리, 자신의 황소였다.

결국 **신**마저도 라틴어에 의존했다.

심지어 가장 비천한 것, 죄와 악을 비롯해 생식기를 거명하거나 성적 도착을 표현하기 위해서도 라틴어가 사용되었다.

그것은 '도道'였다. 중국의 학자들에게 부분적으로 그러하듯이, 서양의 수도사들에게는 다른 언어기호로 바꿔 쓴 **길** Voie이었다.

사어死語는 세계 이전의 세계로 가는 진입로였다.

우주의 principia(원리)를 수호하는 천사였다.

*

우리는 타인을 통해 존재한다. 타인을 통해 태어난다. 타인을 통해 언어에 이른다. 타인을 통해 지식에 접근한다. 우

215

리는 자신에게서 스스로를 만들어내는 창조자가 아니다.

우리는 ab alio(타인을 통한) 피조물이다.

수태 시에는 두 타인을 통해.

분만 시에는 타인의 성기를 통해.

그 나라 특유의 자연언어를 습득할 때 타인의 입을 통해.

독서할 때는 타인의 시신을 통해.

독서의 심층에서 우리는 타인의 심층에 있다.

그리고 우리가 말하는 언어에 도달하기 위해 타인을 통하는 까닭에, 우리는 타인을 통해 타인의 기능을 밝히고 그 비밀을 알게 된다.

이런 점에서 라틴어는 사고思考할 권리droit처럼 여겨지게 되었다. 라틴어—단순히 프랑스어 옆에 놓인—는 어머니 안에서 태아가 이미 생각하듯이 이미 생각하기 때문이다. 라틴어는 시간적으로(어원적으로가 아니라) 모든 형태의 프랑스어의 빗장을 푼다. 친밀한 것, 외설적인 것, 사악한 것, 날것, 지옥, 기원을 말하기 위해 지불해야 할 세금droit. ab alio(타인을 통한) 것인 기쁨. I am addict(나는 중독자[19]다). 나는 라틴어로 다시 말한다. Addictus sum. 인류(모든 포식자들에게서 그들의 습성, 사슴의 뿔bois, 깃털, 모피, 가죽, 뿔, 어금

19) 타인이 결여되어 늘 타인을 필요로 하는 타인 중독자라는 의미.

니, 이빨을 빼앗는 포식자)는 언제나 옛 어법의 허락을 필요로
한다.

제33장

시산 도둑

피코[1]는 자신이 과거의 작품들을 훔쳤다는 사실을 스스로 변론해야 했다. 미란돌라의 피코는 『변론 *Apologia*』 제3장에 이렇게 썼다. "폭풍에 휩쓸려 지극히 낯선 어느 해안에 던져져도 나는 언제나 손님처럼 환영받았다. 난파가 죽음으로 끝나지 않았다고 누가 나를 비난할 것인가? 당신들 모두가 망각한 사자死者들에게서 사랑받았다는 이유로 독이 든 당근즙을 내게 마시게 하려는가? 지금 당신들은 내가 그들의 흔적을 재생해서 써 나가는 지면들이 차곡차곡 쌓이는 것을 죄로 치부하고 있도다!"

---

1) Giovanni Pico della Mirandola(1463~1494): 이탈리아의 철학자, 인문주의자, 신학자. 콘코르디아Concordia의 백작이라고도 불린다.

*

나는 파리를 떠나 부르고뉴 공국을 굽이굽이 흐르는 강[2]의 기슭에 있는 은신처로 갔다.

그러고 나서 나폴리만의 섬들이었다.

그 후에는 산이었고, 눈雪이었다. 그것은 내가 일체의 활동에서 물러나면서 은퇴의 모욕으로 스스로 유발한 혐오감에 대한 속죄로서, 고행으로 의식화된 작업 시간들, 관조, 고독이었다.

나는 지속의 내부로 침투해 들어갔다.

거대한 세계로 진입했다.

세네카는 『인생의 짧음에 대하여 De brevitate vitae』 제14장 첫 문단에 이렇게 썼다. "우리에게 금지된 세기란 없다. 무한하지 않더라도 거대하고 무수히 많은 것이 **시간의 대지**이다. 우리는 그곳에 갈 수 있고 돌아오거나 돌아오지 못할 수 있다."

우리는 끊임없이 모든 것을 떠날 수 있다. 책 읽기, 관계를 끊기, 이혼하기, 사직하기, 꿈꾸기. 이사하기, 또 다시 떠나기.

병원 침대에서의 느닷없는 출혈로.

무릎을 턱에 붙이고 입을 앙다문 채 두려움의 이름조차 잃

2) 키냐르의 집이 있는 욘강을 가리키는 것으로 보인다.

219

어버릴 희망으로 함구하는 침묵 속의 조여든 고통으로.

사랑이 떠나버린 침대로.

치오르며 부푸는 불안의 혼돈으로.

눈가를 뜨겁게 달구고 이글거리게 하는 고질적 불면증으로. 무언가가 열리고 일체의 구속에서 빠져나갔으므로.

*

세계를 가로채서 생명을 부여하는 것에서 무엇이라도 훔칠 수 있는 자가 있기 때문인가?

시간 도둑은 있는가?

*

나는 『무덤 너머의 회상록 *Mémoires d'outre-tombe*』[3]에 감탄을 금치 못했고, 그 책의 원천을 찾고 있었다. 1972년 옛 국립도서관──당시에 리슐리외 거리에 있던──에서 그 책에 영감을 준 토마[4]의 『찬가집 *Éloges*』을 읽으려고 했을 때 나는 책의 봉

---

3) 샤토브리앙François-René de Chateaubriand(1768~1848)의 자서전. 1841년에 완성되었지만 그가 사망한 후인 1849~1850년 사이에 출간되었다.
4) Antoine Léonard Thomas(1732~1785): 프랑스의 시인이며 문학 비평가.

합된 지면들을 절단해야 했다.

나는 주머니칼을 열었고, 낱장 뭉치 사이로 칼날을 밀어 넣었다. 신중을 기했고, 감격했다.

토마는 샤토브리앙의 스승이었다. 이 책이 출간된 1829년 이후로 아무도 봉합된 지면들을 가르지 않았던 것이다.

내게는 과거 작가들의 작품 원본을 칼등으로 천천히 단호하게 베어내는 일이 한 번 이상 있었다.

오직 제본업자만이 황실 도서관의 법정 기탁부서로 보내기 전에 제본하려고 손에 쥐었을 옛 작품들을 어느 누구의 시선도 닿지 않은 순결한 상태로 발견하는 것은 야릇한 느낌이다. 심지어 저자도 출간 후에 책들을 열어보지 않았다. 당시에 그 책을 열어보거나 밍밍하고 독특한 풀 냄새를 맡아본 이가 아무도 없었다. 우리는 칼을 잡는다. 혹은 엄지손톱으로 주머니칼의 차가운 날을 펼친다. 우리가 낡은 펜stylus 끝으로 약간 구멍을 뚫자 고스란히 있는 옛 책 안에서 가까스로 '깨지는' 신기한 침묵—하지만 이것은 주변의 독자들에게 들리는 침묵이다. 죽음의 침묵조차도 아닌 침묵인 까닭은 우리가 갈라내는 책장 안에서 아직 자신의 삶을 살았음이 전무하기 때문이다.

제34장

암고양이 무에자

마호메트는 침대 위 자기 옆에서 잠든 암고양이 무에자를
깨우지 않으려고 자신의 소매를 자른다.

제35장

역사상 가장 충격적인 표절에 대하여

토라[1]는 길가메시 이야기를 훔친다. 『오디세이아』[2]는 황금양털 탐색 이야기를 슬쩍한다. 『아이네이스』의 주인공인 아이네이아스는 『오디세이아』에서 율리시스[3]가 감행했던 모험들을 흉내 낸다.

우리는 다른 세계에서 남은 것을 세계라 부른다. 그곳에는 겨울 안에 봄이 숨어 있듯 대지의 표면 아래 훔친 것이 숨겨

---

1) 『토라*Thora*』: 유대교의 율법서. 히브리어의 토라는 모세 오경 혹은 넓은 의미에서 구약 전체를 가리킨다.
2) 고대 그리스의 시인 호메로스의 작품으로 전해지는 대서사시.
3) 제임스 조이스의 장편소설(1922) 『율리시스*Ulysses*』에 나오는 인물. 이 작품이 『오디세이아』를 모방했다는 사실을 암시하고자 '오디세우스'라는 주인공의 이름을 짐짓 '율리시스'라 쓴 것으로 보인다.

져 있다.

언덕 위에서, *fur*(도둑)와 *latro*(강도) 사이에서 처형당할 때, **신**은 죽어가면서 하늘의 **신**에게 외쳤다. "Quare me dereliquisti? Eli, Eli, sabacthani?(나의 하느님, 나의 하느님, 어찌하여 나를 버리십니까?)"

그렇게 죽는 바로 그 순간에, 고통의 절정에서 예수는 다른 사람의 입에 올랐던 말을 훔친다.

*

"Quare me dereliquisti?"는 이런 의미에서 아마도 **역사**상 가장 충격적인 표절이다. 숨이 끊어지고 생명이 사라지는 순간에 **신**Éternité의 자손이 온갖 표절의 의미를 고백한다. 그것은 릴레이relais다. **신**의 아들의 말은 버려진 물건의 말이다. 예수는 「시편」 제22장 다윗의 노래 도입부를 원용하여 되풀이한다. 어찌하여 나를 **버려진 물건**처럼 버리셨나이까? 어찌하여 나를 당신이 나아가던 오솔길가에 **내버린 물건**처럼 내치셨나이까? 어찌하여 나를 당신에게 더 이상 쓸모없는 무엇인 양 내놓으셨나이까?

Quare me de-reliquisti? de-relictio(유기)는 사라진 세계의 reliques(성유골), délivres(태반), répliques(복제), restes(나머

지), déchets(찌꺼기), arriérés(뒤처진 것)를 dé-pose(내려-놓기)이다.

빛의 기슭에 'dépôt(놓기),' 그것이 출생이다.

*

이 'dépôt'는 아무도 회수하지 못한다.
아무도 제 것으로 취하지도 못한다.

*

Quare me dereliquisti?
이것은 가장 아름다운 음악, 바로크 세계에서 남은 가장 아름다운 아리아다.

*

문학은 시대를 거치며 반향으로 기능한다. 언제나 '다른 계절'에 가장 아름다운 열매가 무르익는 법이다. 그것은 매번 역사의 한 시대가 끝날 때 나타나는 것으로 일종의 쇠퇴처럼 다가오는 '다음-계절arrière-saison'이 아니라, 태어나거나 다시 태어나는 세계가 제각기 추정해서 소생시키는 '앞선-계절avant-saison'이다.

어떤 세계의 출현이든, 세계는 제각기 포착 불가능한 선행성先行性에서 떠오른다.

우선 우주 심층의 어둠이 뿌려진 듯 어두운 자궁 속의 이름 붙일 수 없는 세계.

그다음에는 유년기라는 야생의, 미친 듯한, 본능적인, 비非언어적인, 몽환 상태의, 비非의식적인 세계.

샬럿 브론테가 아주 정확하게 기술했듯이, **하부 세계**.

The world below.

나타나는 모든 것에게 먹이를 제공하는 기이한 세계.

하워스 목사관[4]의 출입문은 묘지를 향해 있다. 뒷문(주방 문)은 들판에 면해 있다. 샬럿 브론테는 자신의 책 제3권 523쪽에서 네 남매[5]가 '**텍스트**Texte'라 불렀던 것을 마침내 환기한다. 그것은 제각기 서로 상대방의 텍스트에서 욕망을 취하는 장소, 즉 타인의 욕망에서 자신의 욕망을 길어내는 곳

4) 샬럿 브론테는 성공회 목사인 아버지를 따라 1820년부터 잉글랜드 북부 요크셔 하워스에 있는 목사관에서 살았다.
5) 언니 마리아와 엘리자베스는 일찍 세상을 떠났으므로, 셋째인 샬럿, 동생 에밀리와 앤 그리고 남동생 패트릭 브란웰까지 모두 4남매이다.

이었다.

*

그리스어 *dunaton*은 라틴어 *possibile*(가능한)에 해당한다.
그리스인들의 세계를 라틴어로 옮기려면 **존재**의 *possibilitas*
(가능성)를 탐구할 필요가 있다. 현실계le réel의 **비현실**L'Irréel.
문인은 품위와 속화俗化에 직면해 금지들로 설계되고 구획된
생사生死 코드의 경계에서 오락가락한다. 하지만 삶은 세계
경계로의 습격보다 훨씬 더 단순하다. T. S. 엘리엇의 말이
다. "*a raid on the inarticulate*(불분명한 곳으로의 습격)." 망자
가 되살아나려면 매번 출생—비가시적 성적 장면의 결과로
나타나는—을 기다려야 한다. 죽은 자는 어머니라 부르는,
이미 멀어지고 있는 여자의 두 다리 사이에서 알몸으로 울부
짖으며 빛 속으로 귀환한다. 라틴어 resurrectio(부활)는 성
바울이 최초로 떠올려 anastasis라 부르는 전적으로 그리스적
발상에 그다지 부합하지 못한다. 'Anastasis nekrôn'은 죽은
자들의 **봉기**를 의미한다. 그것은 분노의 *anodos*(상승)이다.
그것은 상승, 적어도 상승의 약동이다. 성 바울은 '모든 시신
이 갑자기 **일어서리라**'고 썼다. 이러한 봉기는 혁명보다 훨씬
더 급진적이다. 그들은 세계의 밑바닥에서 '다시 떠오르는'

게 아니다. 죽은 자들은 모든 지표면에서 불쑥 일어나 울부
짖을 것이다.

*

잠재력이 부족한 분노에 관한 느닷없는 주석. 두려움은 인
간에게 충분히 축적되지 않는다. 허기가 배고픈 사람에게 강
렬해지고, 피로가 불면증 환자를 무겁게 하고 심지어 짓누르
듯이, 불안은 영혼 안에서 증식한다. **역사**가 보여주는 것보다
더 많은 폭발이 있어야 한다. 인간사회도 화산 자체와 마찬
가지로 화산 활동을 해야 한다. 이것이 내가 세계에 대해 생
각하는 바이다. 폭풍우가 부족하다.

제36장

독자讀者인 왕

그것은 누구나 겁에 질리는 긴 폭풍우와 흡사했다. 북유럽 **역사**상 최초의 출판사에서 활자로 찍힌 최초의 책들이 나왔을 때, 일[1] 강변의 모든 유럽 사회가 그 책들을 금지하려고 했다. 개별적 독서 열풍이 폭풍처럼 몰아쳤다. 자유로운 상태의 영혼psychè이 정치체제며 종교 계층 전체를, 그들의 언어에 무의식적으로 연관된 공동체 전체를 두려움에 몰아넣었다. 루이 11세는 스트라스부르[2]에 한 사람을 파견하여 인

---

1) L'Ⅲ: 프랑스 알자스 지방을 흐르는 강.
2) 842년 2월 14일 이곳에서 분리파의 두 군대가 상호 평화협정 및 로테르에 대항하는 동맹조약을 체결했다. 키냐르는 프랑스어가 최초로 문자로 기록된 이 감격스러운 사건을 『눈물들Les larmes』에서 다룬다.

쇄업자들을 붙여주었다. 그곳은 니타르 백작[3]의 손으로 프랑스어가 최초로 문자로 기록된 곳이다.

9세기에 알자스 평원의 일강과 라인강 사이에서 니타르 백작이 작성한 최초의 프랑스어 텍스트, 그것은 안개였다.

15세기, 16세기, 17세기에 그것은 끝나지 않을 것 같던 기나긴 폭풍우였다.

루이 11세는 자신이 그들—납 활자 식자공들, 커다란 압축식 인쇄기—의 편일 정도로 독서광임을 피력했을 뿐 아니라, 혹시라도 그들이 사술을 부린다는 의심으로 그들에게 세간의 비난이 쏟아질 경우 기꺼이 막아주겠노라고 덧붙였다.

회색 천의 머리 장식, 일관성 없는 겸손,[4] 야행성 부엉이로 알려진 루이 11세는 책 읽는 것을 좋아했던 유일한 프랑스 왕이다. 그는 유일한 *lettrure*(독서)[5] 대왕이었다. 부드럽고 학식 있는, 짓궂은, 유연한 언어를 구사했으며, 도무지 종잡을 수 없는, 야행성의, 박쥐 왕이다. 그는 불면증이 있어서 밤이면 이 홀에서 저 홀로, 이 궁전에서 저 궁전으로, 이 숲에서 저 숲으로 배회하며 탐색, 비밀, 덤불숲, 키가 큰 수종의 나

---

3) Nithard(?795/800~?844) : 프랑크 왕국의 역사가이며 샤를마뉴의 외손자.
4) 루이 11세는 약할 때는 겸손하게 처신하지만 강하다고 생각되면 철저하게 복수했다고 전해진다.
5) 프랑스어 lecture(독서)의 12,13세기의 고어.

무슆, 사냥, 잔인성, 맹금류, 맹수와 책들을 탐식한다.

*

옛날에 'conoissance'[6]라는 단어는 방패 위에 그려진 문장
紋章을 가리켰으며, 그 자체로 복잡하고 채색된 그림문자들
을 형성했다.

고독한 기사 랑슬로[7]는 저마다 차별화되기를 바라는 남자
들의 토템과도 같았던 아주 오래된 문신에서 유래한 표기법
의 글자들을 'charaie'[8]라 명명했다.

'charaie,' 그것이 끊임없는 방랑과 숲이 야기하는 시련들
을 거치는 동안 기사가 **모험의 숲**[9]에 있는 무덤들의 묘석에
새겨진 글자들을 동료들에게 판독해주며 불렀던 명칭이다.

그는 우리가 'littérature(문학)'라 부르는 것을 'lettrure(독
서)'라 불렀다.

6) 프랑스어 'connaissance(앎, 지식.이해)'의 고어.
7) Lancelot du lac: 아서왕과 원탁의 기사 이야기에 나오는 인물.
8) 중세 프랑스어 고어로 '문자'나 '문장紋章'을 가리킨다.
9) Forêt Aventureuse: 현실과 상상 사이에 존재하는 시련과 마법의 신화적 장소
   로 크레티앵 드 트루아Chrétien de Troyes(?1130~?1180)의 '원탁의 기사 이
   야기'에서 언급된다.

랑슬로는 책 읽는 것을 배웠던 최초의 프랑스 기사였다. 클로비스[10]도 읽을 줄 몰랐다. 롤랑[11]도 읽지 못했다. 샤를마뉴도 읽지 못했다. 아서왕도 읽지 못했다. '지식connaissance'을 알고 있는connaissant, 'charaie'를 해독할 줄 아는 기사 랑슬로는 온갖 마법을 물리친다. 마술을 푼다. 이상한 풍습에 종지부를 찍는다. 미혹된 사람들을 해방시킨다. 무엇에 씌인 사람들을 풀어준다. 미친 사람들을 진정시킨다. 사라진 자들을 호명한다. 죽은 자들이 **몸을 일으켜** 돌무더기에서 나오게 한다.

littérature—lettrure—는 죽은 자들을 책 속에서 되살아나게 한다.

littérature—lettrure—는 출생의 순간 우리에게 던져진 운명의 마법을 풀어준다.

---

10) Clovis I(?466~511): 프랑크 왕국 최초의 왕.
11) 현존하는 최고最古의 무훈시 『롤랑의 노래』에 나오는 기사. 샤를마뉴와 사라센인들의 전투가 주제이다.

제37장

Y자에 대하여

우리는 태어나면서 무심한 별들의 노예가 되는 게 아니다.

하늘의 궁륭에는 또 하나의 하늘이 있어서 집정관, 마법사, 점술사가 그곳의 동정을 살피며 주시한다. 동방박사들은 그곳의 별을 쫓으며 읽는다고 주장했다. 별은 낙타를 이끌어 그들을 천사에게로, 어쩔 수 없이 베들레헴의 구유로, 어느 출생에서나 스멀스멀 올라오듯이 예수 탄생에서 풍겨나는 외양간의 성스러운 냄새로 인도한다. 별의 반짝임과 천사의 커다란 두 날개가 아들이 잠든 구유 가장자리에서 지쳐서 잠든 성모 마리아가 있는 곳을 가리킨다. 사색하는 사람에게는 고유의 하늘이 있다. 영혼의 밤에 발생하는 내밀한 대류 현상은 제자리에서 뒤집힌다. 오직 독자, 문예인, 문인만이 그 진폭을 헤아릴 수 있다. 페트라르카는 자신의 서한에서 좀더 정확하게 이렇게 말한다. "어느 아가씨도 여인과 어머니로 나뉜다. 글을 쓰는 남자가 일단 성숙에 이르면 여자들이 젊음의 종말에서 알게 되는 갈림길에 비견할 만한 기로에 도달한다."

역사에서 사람들을 일치단결하게 만드는 세기의 전쟁이든가 폭발성 시간에서의 고독한 삶.

기사든가 은자.

성장이 끝나면, 학업을 마치면, 어느 누가 두 갈래 기로에 서지 않을 수 있겠는가? 한편에는 공공의 믿음, 사회적인, 시민적인, 종교적인, 재력이나 명예를 향한 야망, 다른 한편에는 내면의 덕성, 치명적인, 개인적인, 농축된, 메마른, 금욕적인 일촉즉발의 위협.

페트라르카는 자신의 논증에서 기이한 지적을 한다. "이 교차로는 피타고라스가 만들어낸 글자 형태로 y라고 부르는데, 끝이 불균등한 갈퀴처럼 보인다." 그것은 그리스 문자 입실론으로 달처럼 둥글고, 뿔이 둘이고, 사슴과에 속하며, 투우와 관련 있다. 오른쪽의 짧은 뿔은 **신**을, 구원을, 천국을 향해 뻗어 있다. 더 넓고 더 처진 뿔은 왼쪽을 향해 땅으로, 죄책감으로, 지옥으로 기울어진다.

그 문자 및 모든 문자의 분기分岐는 문인의 운명이다. 분기는 읽는 자가 가장 먼 길로 가게 만든다. 이유인즉 '표상表象

의 세계symbolie'가 즉석에서 거침없이 나아간다면, '마魔의 세
계diabolie'는 하염없이 늘어나고 떠돌기 때문이다.

　페트라르카에 따르면, 학업에 평생을 바치는 자가 택하는
'도움 없는 길'은 가장 큰 힘을 필요로 한다. 읽는 자의 날들
에서 문자의 긴 획으로 그리는 길은 바로 산길이다. 바로 페
트라르카의 길이다. 니체의 길이다. 릴케의 길이다. 첼란[1]의
길이다. 방투산[2] 정상으로 오르는 길이다.

*

　한편은 논쟁의 여지가 있는 것이고, 다른 한편은 다루기 힘
든 것이다.

　한편에는 연설, 직선, 동일성의 즐거움, 가정의 따스함, 균
일한 걸음걸이, 부富가 있고, 다른 한편에는 소설, 첫눈에 반
하기, 놀라운 변덕, 밀도, 번개, 급변, 열광, 사랑이 있다.

---

1) Paul Celan(1920~1970): 루마니아 출생의 독일어 시인이며 번역가. 1955년
　프랑스에 귀화했다.
2) Mont Ventoux: 프랑스 프로방스알프코트다쥐르Provence-Alpes-côte
　d'Azur 지역의 해발 2,000미터 산. 'Tour de France(프랑스 일주 사이클 대
　회)'에서 가장 험난한 코스로 유명하다.

*

　'Non serviam(나는 섬기지 않으리라),' 이것이 서양 기독교 세계에서 악마의 좌우명이다. 그렇기 때문에 문학은 악마적이다. 문학은 구어를 떠난다. 나는 섬기지 않을 것이다. 나는 말하지 않을 것이다. 문학은 **말씀**을 떠나 **침묵**으로 간다. 문학은 대화를 경멸하고 고독을 얻는다. 대화를 떠나 꿈에 합류한다. 나는 아무것도 섬기지 않겠노라. 결코 섬기지 않으리라.

*

　요한은 「요한의 복음서」 제10장 제1절에 다음과 같이 썼다. "진실로 내가 이르노라. 문을 통해 양 우리에 들어가는 사람은 도둑이 아니다. 담을 넘어 들어가는 사람이 도둑이다."[3]

　요한은 에페수스에서 썼다. 그의 집 가까운 곳에 마리아가 살았다.

---

3) "정말 잘 들어 두어라. 양 우리에 들어갈 때에 문으로 들어가지 않고 딴 데로 넘어 들어가는 사람은 도둑이며 강도이다"(『우리말 공동번역성서』)라는 구절을 키냐르가 이 책의 문맥에 맞게 고쳐 쓰고 있다.

성 요한이 도둑을 지칭하고자 사용한 단어는 kleptès이다.

'넘어 들어가다'라는 의미로 사용한 동사는 anabainein이다.

그것은 크세노폰이 사용하는 용어 *Anabase*이다. 디오니소스가 사용하는 용어인 *Anodos*와 아주 흡사하다.

말하기가 유아기 끝 무렵에 문을 통해 언어로 들어가는 것이라면, 노쇠, 글쓰기는 담을 넘어 들어가는 것이다.

*

에페수스에 가면 사람들은 으레 성모 마리아의 집[4]을 방문한다. 마리아가 아들의 처형 이후 11년의 여생을 보낸 곳이다.

37년에서 48년까지 성 요한과 함께 그곳에 살았다. 바닷가였다.

*

아리스토텔레스의 『자연학*Physique*』 제8권 제5장의 글에는 다음과 같이 쓰여 있다. "원인으로 회귀하는 어느 한순간 재

---

4) 기독교인들의 순례지로 셀주크에서 9킬로미터 떨어진 산속에 있다. 성 요한이 성모 마리아를 에페수스의 이곳에 모시고 와서 여생을 보냈다고 전해진다.

빨리 멈춰야 한다."

아리스토텔레스는 Anagkè stènai[5]라고 썼다. 그것은 멈춰
야 하는 **불가피성**이다.

천만의 말씀! 공空에 대한 두려움을 피해서는 안 되고, 캄
캄한 하늘에서 떠도는 행성들을 겁낼 필요도 없고, 지구상에
서 일어나는 파도의 영원한 부침과 융기를 겁내지 말아야 한
다. 시간은 멈추지 않는다. **멈출 수 없는 것**이다. 어떠한 경우
에도 멈춰 설 생각은 절대 하지 말아야 한다. 아리스토텔레
스에 맞선 페렌치[6]의 말을 들어볼 필요가 있다. "기원을 향한
회귀는 필시 **우주의 바닥처럼 무-한**하다. 마찬가지로 농밀하
다. 점점 더 농밀해진다. 생각의 배꼽은 옛날이다. 그 입구는
욕망이다."

*

옛날에 말라르메는 자신의 시들을 다시 읽으며 'Mon
Dieu(나의 신)'를 'Jadis(옛날)'로 모조리 고쳤다.

Mon Dieu tu détachas les grands calices pour...

---

5) '멈추는 것이 필요하다'라는 의미로 쓰인 본문의 고대 그리스어(Anagkè의
   바른 철자는 Anankè이다).
6) Sándor Ferenczi(1873~1933): 헝가리의 정신분석학자. 프로이트의 친구이다.

(**신**이여 당신은 풀어놓았지 거대한 꽃송이들을……)

Jadis tu détachas les grands calices pour…

(**옛날**이여 당신은 풀어놓았지 거대한 꽃송이들을……)[7]

*

자신의 시를 읽게 될 독자들에게 말라르메가 했던 말이다. "나는 그들에게 천국을 금할 것이다."

*

페트라르카의 『나의 비밀 *Secretum*』[8]은 꿈 이야기로 시작된다. 체구가 거대한 한 여인이 문인의 침대 옆으로 내려온다. Veritas(진리의 여신)이다. 그녀의 발은 바닥에 닿지 않는다. 그 사실로 미루어 그녀가 지상의 피조물이 아님을 알게 된다. 독서 중인 그의 침대 위에 떠 있는 그녀는 엄청나게 크다. 커다란 종처럼 퍼진 푸른 드레스 아래 공간에 전혀 그림자가 지지 않는다. 그림자의 부재로 보아 살아 있는 사람이 아님

---

7) 말라르메의 시 「꽃들 Les fleurs」의 1연 4행.
8) 1347년에서 1353년 사이에 라틴어로 쓰인 3부작. 아우구스티누스와의 대화 형식으로 이루어진 철학서이다.

239

을 알게 된다. 그녀 옆에 아주 나이 든 남자가 서 있다. 푸른 여신과 동행인 성聖 아우구스티누스인데, 글을 쓰고 있는 남자에게 그가 말한다.

"프랑수아, 자네는 환자로군."

그런데 문인은 고개를 돌리지만, 자신을 찾아온 여신을 눈을 크게 뜨고 바라보지만, 자신을 나무라는 성인 앞에서 지극히 태연자약하다. 철펜을 잡고 글을 써서 답한다. "제 행동이 무질서하고 책에 대한 열정을 지녔으며 신을 멀리한 탓에 왕국으로 가는 짧고 빛나는 직선의 길을 버리고, 모든 성인의 교단으로 인도하는 만장일치의 천국의 길을 저버린 것은 사실입니다. 저는 이제 홀로 u자 형태의 오솔길을, 음산하고 길고 가늘고 좁고 꾸불꾸불하고 가파르고 현기증 나고 협소하고 굴곡지고 더럽고 치명적인 길을 가고자 합니다. 아테네의 그리스인들에게서 유래하는 이 길은 알렉산드리아의 그리스인들에게서 완전히 불타버린 도서관으로 온 이후에 마침내 콘스탄티노플의, 비잔틴의, 흑해 연안 이스탄불의 그리스인들에게서 에게 해안의 에페수스 북동쪽으로 온 것이지요. 저는 끊임없이 되돌아오고, 길을 잃고, 온갖 특징들을 두루 살피고, 모든 단서를 수집하며, 애매한 그림문자들, 분기된 기호들, 복잡한 문자들, 부모가 버리려는 어린 자식들이 등 너머로 던지는 하얀 자갈들, 미로의 안표와 털실 뭉치와

240

실 꾸러미를 되도록 엄밀하게 따라갑니다. 몰래 감시하고, 눈살을 찌푸리고, 눈을 깜박이고, 곁눈질을 하면서요. 캄캄해서 발은 비틀거리고 살갗에는 굳은살이 박이며 심지어 머리를 들이받게 되는 어두운 길을 최대한 완벽하게 알아보려고 애를 쓰지만, 넘어지고 가시덤불에 걸리기도 한답니다. 다시 길을 잃지만 그래도 앞으로 나아갑니다. 실은 내가 앞으로 가는지 뒤로 물러나는지도 모르겠어요. 하지만 적어도 기이한 선을 그리며 가고는 있지요. 몸에서 끊임없이 힘이 솟아납니다. 두 발이 사슴의 발굽으로 변하는 것 같아요. 튜닉이 찢어지네요. 앞으로 나아갈수록 점점 더 알몸이 되어갑니다."

*

이탤릭체는 보존된 서한들에 담긴 페트라르카의 **친필** 글씨체에서 착안하여 알도 마누치오[9]가 고안해냈다.

9) Aldo Manuzio(1449~1515) : 이탈리아의 인쇄업자.

제38장

사랑의 신비로운 본성

클리타임네스트라[1]는 배우자를 살해한 다음에 그의 두 손을 자른다. 방금 자른 손들을 남편의 겨드랑이 아래 놓는다. 그러고 나서 두 발목에 달려들어 톱으로 자른다. 방금 절단한 발들을 끈으로 아가멤논[2]의 목둘레에 매단다. 그러므로 죽은 왕은 이 세계로 귀환하지 못할 것이다.

"아가멤논, 당신은 이제 아무것도 잡을 수 없어! 아가멤논, 당신은 이제 내게 복수를 외치며 이리저리 날뛸 수 없어! 아가멤논, 당신은 무덤에서 나올 수 없어!"

---

1) Clytemnestra: 스파르타의 왕녀. 아가멤논의 아내이며 오레스트의 어머니.
2) Agamemnon: 그리스 신화에 나오는 트로이 전쟁의 영웅. 아르고스 또는 미케네의 왕. 『아가멤논』은 비극작가 아이스킬로스의 '오레스테이아 3부작' 가운데 제1부에 해당한다.

왕비는 비로소 마음이 놓인다. 앞으로 미케네[3]에서 살아갈 7년 동안 죽은 남편의 복수를 두려워할 필요가 없으므로.

*

아들이 죽었을 때 마리아도 같은 심정이었다.

그가 부활한 이후에 그녀는 그를 다시 보길 원치 않았다.

*

나는 사랑의 신비로운 본성을 환기하고자 한다. 가장 고풍스러운, 가장 기본적인, 가장 야생 그대로의, 가장 본능적인 본성을.

타인을 훔치기, 그의 육체를 장악하기—아마도 자신을 제외한 어느 누구의 시선도 닿지 않는 안전한 곳에 그를 가두기—, 그의 영혼을 훔치기.

고대에 주술이 행해지는 방식은 이러하다. 헝겊이나 밀랍 혹은 축축한 점토로 만든 인형에 납으로 된 판을 부착한다.

---

3) Mycenae: 그리스 펠로폰네소스반도 아르골리스에 있던 고대 도시로 아가멤논 왕궁이 있다.

둘을 합쳐서 단지에 넣는다. 캄캄한 밤에 매장된 고인의 시신 옆에 단지를 슬쩍 밀어 넣는다.

*

종교에서는 의식儀式이 사람들의 면전에서 행해진다. 게다가 대낮에 구두口讀로, 심지어 집결된 공동체가 한목소리로 제창하는 노래까지 곁들여 치러진다.

마법에서는 동여매기가 몰래 단독으로 행해진다. 게다가 가장 어두운 한밤중에 침묵 속에서 글로 행해진다. 그런 다음에 메시지가 봉인되도록 그것을 접고 또 접는다.

결국 그것은 **고정되어** 꼼짝달싹 못하므로 살아 있는 어느 누구도 내용을 알지 못한다.

*

로마인들이 'incantatio(주문)'라 부르던 것은 그리스어로 'logos(이성)'라 불리던 것이다. 아무도 저주를 알아서는 안 되고, 아무도 마력을 의심해서는 안 된다. 끌로 박판薄板을 도려낸 후에 이어지는 의식('praxis')은 여섯 시기로 나뉜다.

1. 방자하고 싶거나 정신을 홀려 행동을 통제하고 싶은 신체

의 모형인 인형을 만들기. 2. 인형을 납 침으로 찌르기. 3. 직조기의 실로 365개의 매듭을 지음으로써 인형을 납 재질의 접힌 박판에 영구적으로 단단히 묶기.

4. 달도 뜨지 않은 한밤중에 공동묘지로 가기.

5. 혼자, 몰래, 기척 없이, 미리 점찍어 둔 무덤을 열기.

6. 서로 묶은 모형과 박판을 둘 다 단지에 넣어 망자 옆에 놓고, 그 망자가 죽음의 사자使者가 되기를 빌거나(증오나 저주를 내릴 경우), 눈에 안 보이는, 날개 달린, 밤의, 재빠른 전령이 되기를 빌기(사랑의 마법을 거는 경우).

시신이 최근의 것이고 젊을수록, 죽음으로 빛을 잃었을 당시에 수명이 많이 남았을수록, 매혹의 독성이나 복수심에 불타는 조급함은 더욱 불가항력적이 되었다.

*

나는 수도관에서 나온 납판에 새겨진 주문을 베낀다. 그것은 하와라[4]의 파이윰[5]에서 발견된 것으로 지금은 카이로의 박물관에 (명세 목록 48217번으로) 전시되어 있다. 헤로노우

---

4) Hawara: 팔레스타인 서안지구 북쪽에 위치한 고대 이집트의 유적지.
5) Faiyûm: 이집트 동·북부 나일강 왼쪽 기슭에 위치한 도시.

스[6]에게 건 주문이다. "지하의 신들과 지하의 여신들인 플루톤 우스미가도트,[7] 코레 에로쉬달,[8] 아도나이 바르바리타,[9] 지하세계의 헤르메스,[10] 토트,[11] 아누비스,[12] 하데스의 열쇠들을 쥐고 있는 막강한 프세리프타,[13] 그리고 지하의 혼령인 당신들 모두, 즉 너무 일찍 죽은 소년과 소녀들, 사망한 젊은 남자와 젊은 여자들, 내가 당신들에게 이 단지를 바친다. 마귀와 귀신들이여, 당신들에게 청하노니, 여기 있는 이 영혼을 도우라. 죽은 자의 영이여, 이제 나를 위해 깨어나라. 당신이 남자든 여자든 프톨레마이오스가 수태하고 해산한 헤

---

6) 사랑의 대상이 된 한 여자로 추정된다.

7) 이집트의 사소한 신으로 추정된다. (참고로 플루톤은 로마 신화에 등장하는 명계의 신이다.)

8) 이집트의 사소한 여신으로 추정된다. (참고로 korè는 그리스어로 '젊은 여인'을 뜻한다.)

9) 이집트의 사소한 신으로 추정된다. (참고로 Adonai는 히브리어로 '주 예수'를 지칭할 때 사용된다.)

10) 그리스 신화에 나오는 올림포스 12신 중 전령의 신이자 여행, 상업, 도둑의 신이다. 날개 달린 모자를 쓰고 날개 달린 신을 신고 두 마리 뱀이 감겨 있는 독수리 날개가 달린 지팡이를 들고 있다.

11) 한마디로 정의하기 힘든 이집트 종교의 신. 문자를 발명하고, 신들과 우주의 모든 비밀과 지혜를 알고 있는 신으로 인류에게 문명을 전해주었다고 알려져 있다.

12) 자칼 혹은 개의 머리 형상을 가진 고대 이집트의 죽음의 신으로 미라(불멸)와 사후세계와 관련 있다.

13) 이집트의 신으로 추정된다.

로노우스가 있는 곳이라면 어디라도 가라. 그녀가 가는 어느 마을이라도 가라. 그녀가 들어가는 어느 침실이라도 들어가라. 그리하여 체노우바스티스가 수태하고 해산한 나 포시도니오스[14]가 아닌 어느 누구와도, 그녀가 질성교도 항문성교도 구강성교도 그 어떤 쾌락도 알지 못하게 하라. 죽음의 영靈이여, 헤로노우스를 묶어서 그녀가 나 포시도니오스와 멀리 떨어지면 먹지도 마시지도 나가지도 잠들지도 못하게 하라. 이름만 들어도 땅이 갈라지고, 이름만 들어도 혼령들이 새의 작은 날개들 아래의 나뭇가지들에서, 샘 깊은 곳에서, 냇물과 개울물과 강물과 대하와 대양을 따라가며 바르르 떨고, 이름만 들어도 바위가 갈라지고, 산이 폭발하며 연기를 내뿜고 용암을 토하게 되는 바로 그자의 이름으로 너에게 요청하노니, 망자의 영이여, 나를 거역하지 말도록 하라. 프톨레마이오스가 수태하고 해산한 헤로노우스가 가는 곳이라면 어느 곳이라도 가라. 그녀가 가는 어느 마을이라도 가라. 그녀가 들어가는 어느 침실이라도 들어가라. 그녀가 먹지도 마시지도 못하게 하라. 체노우바스티스가 수태하고 해산한 나 포시도니오스가 아닌 다른 사내를 헤로노우스가 알지 못하게 하라. 프톨레마이오스가 수태하고 해산한 헤로노우스의 머

14) 사랑에 빠진 한 남자로 추정된다.

리채와 오장육부를 잡아채서 오직 내게로 끌고 오라. 그리하여 체노우바스티스가 수태하고 해산한 오직 나 포시도니오스의 곁에서 연중 언제든지, 밤이든, 낮이든, 죽을 때까지 머물며 나를 떠나지 못하게 하라. 프톨레마이오스가 수태하고 해산한 헤로노우스 바로 그녀를 내가 소유하게 하라. 그녀가 체노우바스티스가 수태하고 해산한 오직 나 포시도니오스의 살아생전에 나 포시도니오스에게 복종하게 하라. 지금 빨리, 서둘러, 오늘 당장 시작하라. 나를 위해 이 일을 완수하면 내가 너를 풀어주겠다. 지금 빨리, 서둘러, 오늘 당장 시작하라."

*

tachy(빨리!)라는 부사는, 금석학자가 보기에, 자신이 마법의 서판을 발굴했음을 즉시 알려준다.

유사한 이유로 Typhon(태풍) 신[15]의 개입은 마법이 삽시간에 대기에 퍼져 눈앞의 모든 것을 휩쓸어간다는 확신을 준다.

15) 그리스 신화에 나오는 반인반수(상반신은 인간이지만 어깨와 팔에는 눈에서 불을 뿜는 뱀의 머리 100개가 솟아나 있고 하반신은 똬리를 튼 거대한 뱀)의 무서운 힘을 지닌 거대한 괴물 신. 끊임없이 거센 폭풍을 만들어 '폭풍의 아버지'라 불리기도 한다.

*tachy*인 까닭은 시간을 재촉하기 때문이다.

*typhon*인 까닭은 전복시키기 때문이다.

사이클론, 화산, 화재, 홍수처럼 typhon인 것은 어느 것이나 폭발시키고, 뒤엎고, 불태우고, 황폐하게 한다. 주문呪文은 중개자로 선택된 망자의 혼령에게 건네진다. 망자를 무덤에서 훔친다. 그의 개인적 영을 박탈한다. *nekrodaimôn*(죽은 자의 혼령)은 혐오자 혹은 매혹자에 의해 글자 그대로 '볼모로 잡힌' 것이다. 임무를 완수할 때까지 산 자의 지배에서 풀려나지 못한다. 여기서 우리는 글의 핵심에 다다른다. 혐오자 혹은 매혹자는 산 자를 굴복시키기 위해 죽은 자를 탈취한다. 죽은 자는 홀린 자가 노예가 되듯이 노예가 된다. 헤로노우스에게 거는 마법의 주문에서, 포시도니오스는 자신이 사랑을 쟁취하고자 하는 여인을 서슴지 않고 자유인이 아닌 노예처럼 다룬다.

*

다음은 반대편 주문이다. 한 여인이 에우티케스라는 이름의 남자를 대상으로 작성한 마법의 주문이다. 파피루스 종이에 쓰인 주문은 작가 아풀레이우스가 살던 시대로 거슬러 올라간다. 베드로 성인이 타르수스[16]에서 에페수스로, 다마스

쿠스[17]로, 예루살렘으로, 로마로 떠돌던 시절이었다. 1934년 옥타브 게로[18]가 그것을 출간하고 해설했다. 에우티케스에게 건 주문은 이러하다. "빨리, 불태워라! 티폰이 헬리오스[19]의 원수인 것과 마찬가지로, 조지메가 수태하고 해산한 에우티케스의 영혼을 마찬가지로 불태워라. 에우티케스의 심장을 불태워라. 에우티케스를 사랑으로 충만하게 하라. 아브라삭스,[20] 조지메가 수태하고 해산한 에우티케스의 영혼을 불태워라. 에우티케스의 심장을 불태워라. 에우티케스를 사랑으로 충만하게 하라. 아도나이,[21] 조지메가 수태하고 해산한 에우티케스의 영혼을 불태워라. 에우티케스의 심장에 불을 질러라. 에우티케스가 사랑으로 타오르게 하라. 즉시, 빨리, 빨리, 지금 당장, 오늘 당장."

각 주문에 연결된 365개의 매듭으로 묶인 인형이 돌돌 말린 파피루스 종이 옆에 뉘어져 있다. 에우티케스의 남성 조

16) Tarsus: 튀르키예 중남부의 도시.
17) Damascus: 시리아의 수도.
18) Octave Guéraud(1901~1987): 프랑스의 작가.
19) Helios: 그리스 신화에 나오는 태양신 혹은 태양을 의인화한 신. 눈부신 광채가 나는 황금 머리칼을 지닌 아름다운 젊은이로 묘사된다.
20) Abrasax(혹은 Abraxas): 2세기경 나스티시즘 교부였던 바실리데스 철학 체계에서 사용된 신비적 의미를 지닌 말이다.
21) Adonai: 유대인들이 하느님을 부르는 이름.

상은 알몸이다. 13개의 바늘이 꽂혀 있다. 하나는 뇌에, 두 귀에 하나씩, 두 눈에 하나씩, 입에 하나, 두 손에 하나씩, 두 발에 하나씩, 항문에 하나, 성기에 두 개.

우리가 사랑이라고 부르는 것이 고대에는 분노와 동일한, 예측 불가능한 질병과 동일한, 기상이변과 동일한, 해안의 쓰나미와 동일한 열정을 가리킨다.

사랑은 힘이다. 이 힘은 출생의 순간 대기가 몸에 들이닥 치듯 신체에 난입한다. 그리고 몸을 지배하고 영혼을 소유한 다. 의지를 노예로 만든다.

육신을 병들게 한다.

죽인다.

사랑은, 오비디우스의 뛰어난 작품에서 그저 '나는 불탄 다' 라든가 '나는 죽는다' 이다.

Ferus amor(사랑은 야생이다)라고 고대인들은 말했다. 사랑 은 사랑에 빠진 여자를 사나운 짐승처럼 야만스럽게 만든다. 사랑에 빠진 남자를 깊고 거친 대양처럼 휩쓸어버린다.

사랑은 수풀과 정원과 집과 계곡과 공간을 삽시간에 황폐 시키는 산불처럼 —남성 혹은 여성의— 몸 전체를 불태운다.

프시케는 이집트의 적철광과 고대의 벽옥 위에서 오른손 에 기름등잔을 들고 상대방의 몸에 불을 붙인다. 그러자 출 생의 순간 느닷없이 육신에 생기를 불어넣는 animatio(생명을 불어넣기)가 불붙은 연인의 몸 안에서 느닷없이 재로 변한다.

사랑에 빠진 사람들은 살갗에서 빛이 나기 때문에 서로를 쉽게 알아본다는 사실은 부인할 수 없다. 연인들의 피부는 **눈부시다**. 영혼을 불태우는 이 불은 얼굴 한가운데의 코처럼 문득 확연하게 보인다. 사랑은 밤하늘의 보름달처럼 문득 **온몸**에 빠짐없이 가득 들어차 보인다.

에로스로 말하자면, 뾰족한 화살을 쏘아, 꿰뚫고, 고정시키고, 몸을 다른 몸에 분리 불가능하게—영원히, 즉 출생 이전과 마찬가지로— 붙여놓는다.

사랑에 빠진 육체는 불현듯 상대방 육체—자신은 모르는 몸이지만 자신이 그 몸의 욕망을 욕망하는 타인의 다른 몸—의 환영(phantasma)이 엄습하면 고통을 받는다. 그 이미지를 몰아내지 못한다. 시간이 지나도 소용없고, 수 세기가 흘러 피라미드가 망가져도 소용이 없고, 바람과 모래와 소금에 지하분묘가 부식되고, 기슭이 잠식되고, 묘석이 함몰되고, 무덤은 더 이상 형태도 글자도 사라져 이끼에 뒤덮인 돌덩어리가 되어도 소용이 없다. 상대방의 불가해한 장악력, 죽도록 움켜쥐기, 하늘에서 치는 벼락, 해상에 몰아치는 태풍, 이런 것들은 기이하게도 유사하다. 1847년 12월 『폭풍의 언덕』이 출간된다. 소설의 말미에서 화자는 캐서린의 무덤에 누운 히스클리프를 묘사한다. 캐서린 자신이 살아생전에

252

내린 사랑의 정의는 지극히 단순한 것으로 이러하다. "I am Heathcliff(나는 히스클리프이다)." 이것은 순수한 상태의 전이轉移다. 이것은 점유이다. 그녀가 묻힌 바로 그날, 한밤중에 눈보라가 휘몰아친다. 살아남아 묘석에 누운 히스클리프는 절망에 빠진 채 미동도 하지 않는다. 그는 죽은 '자기' 여자가 묻힌 무덤 위에 몸을 쭉 뻗고 있다가 갑자기 일어선다. 삽을 집어 든다. 눈보라 속에서 얼어붙은 차디찬 지층에 삽질로 구멍을 뚫는다. 삽이 캐시가 갇힌 관에 가 닿는다. 그는 한숨 소리—a sigh—가, 땅에서 올라오는 불가능한 숨소리가 들린다고 믿는다. 그녀가 지상으로 돌아와 자기 옆에 서 있으며, 자신과 동행한다는 느낌이 든다. 죽은 여인의 영이 이곳에, 그 옆에, 그와 함께 있으므로 그의 영혼은 진정된다. 그는 다시 일어선다. 삽을 제자리에 갖다 놓는다. 그는 홀로 눈보라 속에서 오솔길을, 황야를 걸어가는 듯이 보인다. 그들은 둘이 함께 어둠과 눈보라 속을 걸어간다.

도둑과 도둑질에 관한,

혹은 거듭re-태어나기naissance에 관한 서사

　키냐르(1948년 출생)가 앞으로 충분히 오래 산다면 15권 내지 16권이 될 연작 기획물 '마지막 왕국'[1] 시리즈는 2002년부터 시작되어 2020년에 제11권에 이르렀다. 각 권은 우주를 바라보는 각기 다른 창窓[2]이라고 할 수 있다. 제11권인 이 책은 '문학'을 향해 활짝 열린 창이다. 요컨대 문학론이다.

　그런데 사르트르의 『문학이란 무엇인가』가 '저자'의 입장에서 쓴 '글쓰기'에 대한 담론이라면, 키냐르의 이 책은 '독자'와 '글 읽기'에 대한 담론이다. 전자는 문학에 관한 원론적

---

1) 최초의 왕국(태아의 시기와 출생 후 언어 습득 이전의 18개월)에 대해 출생 (혹은 언어 습득)부터 죽음까지의 세계가 마지막 왕국이다.
2) 예를 들어 제8권 『은밀한 생』은 '사랑'으로, 제9권 『죽도록 사고하다』는 '사고思考'로, 제10권 『잉골슈타트의 아이』는 '회화繪畵'로 열린 창이다.

이론서이고, 후자는 문학 연속체를 다양한 각도에서 조망한 문학 자체이다. 이따금 숨이 멎도록 아름다운 문장들을 만나게 되는 산문시 같은 철학적 에세이다.

도둑(책을 읽는 사람)

'세 글자로 불리는 사람'이란 로마인들이 도둑을 지칭할 때 에둘러 사용하던 표현이다. 키냐르는 이 표현을 훔쳐 '독자'를 지칭하는 데 사용한다.

라틴어로 도둑을 뜻하는 명사는 세 글자 fur이다. 다섯 글자인 latro(강도)와는 다르다.

이 책으로 들어가기에 앞서 두 단어의 개념 차이를 명확히 이해할 필요가 있다. 일반적으로 동일 범주로 여겨지는 두 단어를 키냐르는 '선'과 '악'으로, 즉 '선한 도둑'과 '범죄자 강도'로 분류한다. 그리고 자신의 개념에 맞게 성경 구절까지 다시 쓴다. 「요한의 복음서」 제10장 제1절을 예로 들면 이러하다.

정말 잘 들어 두어라. 문을 통해 양 우리에 들어갈 때에 들어가지 않고 딴 데로 넘어 들어가는 사람은 도둑이며 강도이다. (『우리말 공동번역성서』) - ①

진실로 내가 이르노라. 문을 통해 양 우리에 들어가는 사람은 도둑이 아니다. 담을 넘어 들어가는 사람이 도둑이다. (236쪽) - ②

성경의 원문 번역인 ①에서는 '도둑'과 '강도'가 동일하게 취급되지만, 키냐르가 고쳐 쓴 ②에서는 '강도'라는 단어가 사라지고 주인(문으로 들어가는 사람)과 도둑(담을 넘어 들어가는 사람)의 대비가 강조된다. 주인이 문으로 들어가는 것은 일상이고 정상이지만. 도둑이 담을 넘는 것은 일탈이고 이례적이다. 키냐르의 관심은 늘 그렇듯이 일탈에 쏠린다. 그리고 담을 넘어 들어가는 도둑에게서 자신이 옹호하는 덕목인 단독성, 침묵, 어둠, 은밀함…… 등을 읽어낸다. 도둑의 속성에 담긴 '책을 읽는 사람'의 은유를 찾아낸다. 대단한 독서가로 꼽히는 제아미가 그의 은유에 타당성을 부여한다.

제아미는 스스로 '기누타의 도둑'임을 자처했던 인물이다. 다음은 그가 임종 직전에 제자에게 토로했던 말이다.

〔……〕 나는 내가 읽은 것을 모조리 훔쳤지. 진짜 도둑이란 두근거리는 가슴으로, 사방팔방을 경계하고, 온몸을 잔뜩 긴장한 채, 노심초사하는 눈빛으로, 한밤중에 전혀 모르는 집에

혼자 들어가는 자일세. 무리를 지어 접근하면 어찌 붙잡히지 않겠는가? 나는 혼자 어둡고 고요한 집에 들어갔지. 지금 혼자 죽어가듯이, 책을 읽느라 평생 혼자였던 것 같네. (33쪽)

앞서 이 책은 '독자'와 '글 읽기'에 대한 담론이라고 말한 바 있다. 그렇다면 '문학'에서 글쓰기와 저자의 몫에 대한 질문이 제기될 터이다. 당연한 질문이지만 키냐르 특유의 용어에 대한 오해에서 비롯된 것이기도 하다.

그는 '글 읽기'와 '글쓰기'를, 독자와 작가를 둘로 나누지 않는다. 그 둘은 동일한 것이다. "글쓰기란 침묵 속에서 계속 글을 읽는 일"(157쪽)이기 때문이다. 작가는 엄청나게 책을 많이 읽은 독자로서 독서의 연장선상에서 글을 쓰는 것이므로 글 읽기와 글쓰기는 문학 연속체로 한데 묶인다. 키냐르 자신도 자신이 작가라기보다는 독자라고 말하는 것도 그런 맥락에서이다. 그에게 작가와 독자는 그 구분이 사라지고, 책을 통해 수없이 많은 다른 삶들의 도움으로 자신의 삶을 증가시키는 '문인'이라는 용어로 수렴된다. 결국 키냐르는 '독자와 독서'에 대해 말함으로써 '독자/저자 및 글 읽기/글쓰기'에 대해, 즉 '문학'에 대해 말하고 있는 것이다. '독서 예찬론'으로 보이는 이 책이 '문학론'인 이유이다.

도둑질(책을 읽는 행위)

키냐르는 독창성을 표방하는 낭만주의를 몹시 불편해한다.
우리는 자신에게서 스스로를 만들어내는 창조자가 아니
다. 이미 어머니의 입에서 언어를 훔쳤고, 아버지의 성姓을
훔쳤듯이 타인을 통해 만들어지는 존재이기 때문이다. 그러
므로 선재先在하는 세계를 훔치는 것이 그에게는 지극히 자
연스러운 일이다. 마찬가지로 문학 작품도 어느 것이나 강물
의 흐름이 원천에서 비롯되듯이 선행하는 것을 계승해야 한
다고 주장한다. 베르길리우스가 알렉산드리아 도서관의 장
서에서 훔칠 수 없었다면 단 한 줄의 시도 쓰지 못했을 것이
라고 고대인들은 믿었다. 키냐르는 그들의 연장선상에 있다.

그런데 '훔치다voler'는 '모방하다imiter'가 아니다. T. S. 엘
리엇이 말한 "미숙한 시인들은 모방한다. 원숙한 시인들은
훔친다"(91쪽)라는 맥락에서 그러하다.

키냐르의 '도둑질'은 꿀벌들이 꽃에서 훔쳐 꿀을 모으듯이
자연스럽고 행복한 일에 속한다. 문학 용어로 정의하면 '상
호텍스트성'이나 '다시 쓰기'일 수 있지만 '양피지적 글쓰기'
가 더 안성맞춤이다. 이미 쓰인 글을 지우고 다시 글을 써 넣
은 양피지에는 이전의 글의 흔적이 고스란히 남아 있기 때문
에 키냐르가 생각하는 문학 연속체의 개념에 딱 들어맞는다.

문학 연속체란 일어나고 부서지며 끊임없이 이어서 다시 일어나는 대양의 파도와도 같은 것이므로.

다시 프랑스어 동사 voler로 돌아오자.

키냐르가 lire(책을 읽다)와 거의 동일어로 사용하는 voler에는 '훔치다' 외에도 '날다'라는 의미가 있는데, 키냐르는 이 단어에 때로는 각각의 한 의미를, 때로는 두 의미를 동시에 담아 사용한다. 후자의 경우 그 이중적 울림은 우리말로 옮겨지지 않는다.

독서는 책이 펼쳐지는 순간, 그리고 책에서 찾거나 얻으려는 의미가 이러한 끊임없는 탐색과 다르지 않은 영혼에 불을 지피는 즉시 이 세계를 떠난다. (21쪽)

독서는 소리 없는 절도vol이다. 올빼미의 마술적인 비상vol과 흡사하다. 올빼미는 대지 위를 지나며 간혹 튀어 오르기도 하는 바람에 몸을 싣기 위해서만 전혀 소리 없이 양 날개를 쫙 펼친다. 눈에 보이지 않는 포식. (41~42쪽)

두 인용문에서 보듯이 '책을 읽다'와 '훔치다'와 '날다'는 순차적이 아니라 책을 펼치는 순간 동시에 발생하는 사건이다. 책을 읽는 사람의 몸은 여기에 있으나 정말로 여기 있지 않으며, 영혼은 몸이 있는 장소를 떠나 아주 먼 곳으로 날아가 떠돈다. 자신의 정체성은 다른 정체성에 합병되어 무아지경이 되고, 시간은 멈추거나 다른 시간을 모조리 사라지게 하는 주도적 시간으로 변한다. 한마디로 황홀경extase, 그런 것이 키냐르가 말하는 lire이고 voler이다.

도둑질의 도구(책)

lire의 도구는 livre(책)이다.

경험과 그 도구를 구분 짓는 것이 놀랍게도 단 한 글자 v에 불과하다. 그만큼 경험의 도구가 경험 주체의 확장자로 기능하여 둘이 혼연일체를 이룬다는 의미이다.

도둑질vol의 도구인 책은 비상vol의 도구이기도 하다. 펼쳐진 책의 대칭을 이루는 두 지면은 새의 하얀 두 날개를 닮았다. 책은 열리면서 자연스럽게 '새'가 되어 양 날개를 쫙 펴고 날아오른다. '새'는 다시 '하늘을 나는 작은 양탄자'로 변주된다. 양탄자는 독자를 태우고 바다 위를 날아서 아주 먼 거리를 주파할 뿐 아니라 수천 년도 거뜬히 건너뛴다. 도구인 마법의 양탄자 덕분에 주체인 독자는 마술사가 된다. 지상 낙원으로 날아가는 여행자가 된다.

그런데 '지상 낙원'이라는 표현이 어쩐지 낯설지 않다. 보들레르의 '인공 낙원'이 언뜻 비쳐 보이기 때문이리라. 프랑스 문학의 두 거장을 감히 비교하면, '낙원'의 복원이라는 지향점은 동일하나 그 도구는 다르다. 하나는 술이나 약물이고, 다른 하나는 오직 책이다. 전자의 경우에는 지상에 복원한 낙원의 유효기간이 몇 시간에 불과하고, 후자의 경우에는 책을 매개로 독자의 정체성이 영원히 변하므로 지속 시간도 무한이다.

lire의 도구가 livre라면 livre의 도구는 lettres(문자)이다. 책은 문자의 발명으로 비로소 가능해졌다. 문자는 구어와 달리 소리가 없고(침묵), 대화의 수신자가 얼굴 없는 다수로 대체되어 발신자는 혼자가 될 수 있고(단독성), 시간과 공간의 제약에서 자유롭고(언제 어디서든 무아지경으로 만나는 외재성), 이미지가 기원(가령 a의 고문자 aleph는 황소의 정면 얼굴에서 비롯되었다)이라는 덕목을 지닌다.

다음은 므시외 드 퐁샤토가 늘 입에 달고 살았다는 『그리스도를 본받아』에 나오는 구절이다.

Quaesivi in omnibus requiem et nusquam inveni nisi in angulo cum libro. 나는 세상 도처에서 평안(requiem, requoy)을 찾았으나 어디서도 찾지 못했다. 책을 들고 구석진 곳이 아니라면 말이다. (20~21쪽)

이 구절은 에코가 되어 키냐르의 글에서 계속 울리고 있다.

그는 구어의 표기법인 글(문자)의 발명이 불의 발견보다 더 중요한 것으로 본다. 하늘에서 불을 훔쳐 인간에게 준 프로메테우스보다 공중에서 언어를 훔쳐 글 속에 묻은 헤라클레이토스를 더 높이 치켜세운다. 문자를 인간의 혁명으로 간주하면서 그 기원을 탐색한다.

나는 감히 이렇게 말한다. 글의 발명이 불의 발견보다 더 중요한 것이라고. 그야말로 인간의 혁명이라고. 구어의 표기법은 어느 것이나 인간 집단의 심장이라 할 집단의 언어를 객관화시켰다는 점에서 '의인화' 혁명이었다. (106쪽)

프로메테우스는 하늘에서 불을 훔쳐 인간에게 주었다. 헤라클레이토스는 공중에서 언어를 훔쳐 글속에 묻었다. 〔……〕 그는 우리 **역사**상, 적어도 세상의 서쪽에 위치한 서양 **역사**상 최초의 문인이다. (107쪽)

르네상스 – 거듭 태어나기

키냐르는 이 책의 첫머리에서 잭 런던의 소설 『화이트 팽』

중 짧은 한 문단을 발췌해서 인용한다. 처음에는 인용 의도가 이해되지 않았다. 하지만 계속 읽다 보니 책 전체가 압축된 상징적 장면임을 깨닫게 되었다. 이제는 이 책을 떠올릴 때마다 이 장면이 몇 초 분량의 동영상으로 바뀌어 내 머릿속에서 자꾸만 반복 재생된다.

〔……〕크로크 블랑은 몸이 축축하게 젖은 사랑스럽고 아주 작은 새끼 늑대이다. 〔……〕 어미 늑대가 동굴 깊숙한 곳에서 새끼를 낳았기 때문이다. 크로크 블랑은 어미가 없을 때 몹시 캄캄한 동굴 안에서 조금씩 주변을 탐색한다. 아주 조그만 새끼 늑대는 동굴 깊숙한 곳에서 갑자기 어슴푸레한 빛에 잠긴 하얀 네모 같은 것을 보게 된다. 새끼 늑대는 이 '빛의 벽'으로 나아간다. '빛의 벽'이 열린다는 것을 알지 못한다. 빛의 네모난 페이지가 세상의 아름다움으로 나가게 해주리라는 것을 알지 못한다. 빛의 벽면이 실은 통과할 수 있는 빈 공간이며, 지금까지 자신이 굶주림과 격리 상태에서 살았던 몹시 비좁고 어두운 주머니 같은 굴과는 전혀 다른 왕국에 이르는 길을 열어주는 공간임을 알게 되면서 그는 흥분한다. 조심스럽게 빛의 사각형에 앞발을 내민다.

빛의 벽이 열린다. (11~12쪽)

새끼 늑대는 마지막 왕국의 주민이다. 어미의 자궁(최초의 왕국)에서 이미 태어났기 때문이다. 동굴 안(마지막 왕국)은 '어두운 주머니(자궁)'와 흡사하지만 출생 전의 자궁과는 사뭇 다르다. 비좁은 유사 자궁에는 어미의 부재와 굶주림과 격리의 고통이 있다. 새끼 늑대는 태아 시절에 내한 과도한 그리움으로 오매불망 옛날과의 접속을 위해 주변을 탐색한다. 그러다가 문득 '빛에 잠긴 하얀 네모' '빛의 벽' '빛의 사각형'을 발견한다. 물론 크로크 블랑처럼 운이 좋지 못하면 발견하지 못할 수도 있다.

아무튼 새끼 늑대가 '빛의 벽'을 발견하는 이 대목에서 키냐르의 눈빛은 분명 빛났을 것이다. '네모난 빛의 사각형'에서 즉시 책의 '하얀 지면'을 떠올렸을 테니까. 그는 '빛의 벽이 열린다'라는 잭 런던의 문장을 이어받아 '책이 열린다'라고 쓴다.

책이 열린다.

독서는 삶을 향한 통로를, 삶이 지나는 통로를, 출생과 더불어 생겨나는 느닷없는 빛을 더 넓게 확장한다.

독서는 자연을 발견하고, 탐색하고, 희끄무레한 대기에서 경험이 솟아오르게 한다. 마치 우리가 태어나듯이. (13쪽)

나는 '마치 우리가 태어나듯이'라는 대목에 주목한다.

플라톤의 동굴 우화에서 동굴 밖의 세계는 이데아의 세계였다. 잭 런던이 그것을 훔쳐 크로크 블랑이 앞발을 내미는 '빛의 벽'을 만들어낸다. 이번에는 키냐르가 잭 런던의 것을 훔쳐 새로운 의미가 부여된 '책의 하얀 두 지면'을 만든다. 영혼이 이 틈새로 파고들어 우리는 새로운 세계에 이르게 된다. 독자 저마다의 부활이다. 우리는 옛날의 그림자에 잠겨 살아가는 대신 빛의 세계로 한 번 더 태어날 수 있다. 이렇게 아름다운 존재의 사건은 어떻게 가능한가?

책을 펼침으로써. 책 안에 거주함으로써. 책을 읽음으로써. (22쪽)

제1의 출생은 수동적인 것으로 어머니의 몸 밖으로 추방되는 일이므로 분리와 상실과 고통과 울부짖음이 뒤따른다. 제2의 출생은 다른 정체성 속으로 들어가 태아처럼 자리를 잡는 행위를 통해 어둠에서 빛의 세계로 나아가는 여행이다. 자발적인 re(거듭)-naissance(태어나기)이다. 어둠에서 빛으로의 이행, 그것이 진정한 출생이고 삶이다.

키냐르 자신도 크로크 블랑처럼 '빛의 벽'이 열린다는 사실을, 이 벽을 통과해서 다른 왕국에 이를 수 있다는 사실을 알지 못했던 듯하다. 생명 유지에 필수적인 욕구로 글을 쓴다고 줄곧 말하던 그가 뒤늦게 『하룻낮의 행복』에서 '빛은 천상의 꽃'이라고 하면서 자신의 심정을 이렇게 토로하고 있다.

> 내 어머니의 흔들리는 비좁고 답답한 배 속에서
> 나는 새벽처럼 아름다운 것을 알게 되는 날이 오리라고는
> 생각하지 못했다.
> 그런 날은 왔지만, 태어나던 끔찍한 날에는 아무런 상상조
> 차 하지 못했다.[3]

제1의 출생은 극복해야 할 끔찍한 재난이지만, 제2의 출생에는 지상의 낙원에서 누리는 기쁨이 예비되어 있다.

그리하여 세 글자 fur에서 rex로

'빛의 벽' 너머에 다른 세계가 있다. 다른 세계에 이르면 독자는 세 글자 fur(도둑)가 아닌 세 글자 rex(왕)라고 불리는 사람이 된다.

---

3) 『하룻낮의 행복』, 문학과지성사, 2021, 168쪽.

fur(도둑)는 세 글자다. rex(왕)도 세 글자다. 〔……〕 세 글자로 불리는 사람은 자신의 조용한 언어——글로 쓰인 침묵하는 언어——덕분에, 누구나 했을 법한 단기간의 경험이 온전하게 보존된 두 개의 왕국——자궁의 왕국과 태양의 왕국——사이를——왕복하는——은밀한 왕이 된다. (37~38쪽)

이 책에 대해서 말하지 말라, 읽어라

이 책을 번역하는 내내 귓전에 울리던 말이다.

내게 이 책에 대해 말하지 말라, 읽어라, 고개를 심연으로 더 멀리 내밀어 영혼이 사라지게 하라. (24쪽)

그런데도 나는 지금까지 이 책에 대해 말했다. 그것도 꽤나 장황하게! 실은 나도 그러고 싶지 않았다. 출판계의 묵시적 관행(먼저 읽은 독자가 나중에 읽을 독자를 위해 안내서를 작성) 때문에 어쩔 수 없었다. 그런데 먼저 읽은 자는 과연 잘 읽은 자일까? 도움이 되었기를 진심으로 바란다.

1948   4월 23일 프랑스 노르망디의 베르뇌유쉬르아브
        르(외르)에서 출생하다. 음악가 집안 출신의 아버
        지와 언어학자 집안 출신의 어머니 사이에서 태
        어난 그는 자연스럽게 식탁에서 오가는 여러 언
        어(프랑스어, 독일어, 영어, 라틴어, 그리스어)를 습
        득하고, 여러 악기(피아노, 오르간, 비올라, 바이올
        린, 첼로)를 익히면서 자란다.

1949   18개월 된 어린 키냐르는 여러 언어를 사용하는
        집안 분위기에서 기인한 혼란 때문에 자폐증 증
        세를 보이며 언어 습득과 먹기를 거부한다.

1950   1958년까지 르아브르에서 보낸다. 형제자매들과
        어울리지 못하고 늘 외따로 지내기를 즐긴다.

1965	다시 한번 자폐증을 앓는다. 이를 계기로 작가로서의 소명을 깨닫는다.
1966	세브르고등학교를 거쳐 낭테르대학교에 진학한다. 에마뉘엘 레비나스의 지도 아래 앙리 베르그송의 사상에 나타난 언어의 위상이라는 제목의 논문을 계획하지만, 68혁명을 거치면서 대학교수가 되려는 꿈을 접고 논문을 포기한다.
1968	가업인 파이프오르간 주자가 되기로 마음먹는다. 아침에는 오르간을 연주하고 오후에는 16세기 프랑스 시인인 모리스 세브의 『델리*Délie*』에 관한 에세이를 쓴다. 원고를 갈리마르 출판사에 보내자 키냐르가 존경하는 작가 루이르네 데포레가 답장을 보내온다. 그의 소개로 잡지 『레페메르 *L'Ephémère*』에 참여한다.
1969	결혼을 한다. 뱅센대학교와 사회과학고등연구원 EHESS에서 잠시 고대 프랑스어를 가르치며 첫 작품 『말더듬는 존재 *L'être du balbutiement*』를 출간한다. 이후 확실한 시기는 알려진 바 없으나 아버지가 되면서 이혼한다.
1976	갈리마르 출판사에서 편집자와 원고 심사위원 일을 맡는다. 1989년에는 출간 도서 선정 심의위원

으로 임명되고, 1990년에는 출판 실무 책임자로
승진하여 1994년까지 업무를 계속한다.

1980   『카루스*Carus*』로 '비평가상'을 받는다.

1985   『소론집*Petits traités*』으로 '문인협회 특별상'을 받
        는다.

1987   『뷔르템베르크의 살롱*Le salon du Wurtemberg*』으로
        벨기에에서 '주목할 만한 작품상'을 받는다.

1987   1992년까지 '베르사유바로크음악센터'의 임원으
        로 활동한다.

1991   작품 전반에 대한 공로로 '프랑스 언어상'을 받는
        다. 소설『세상의 모든 아침*Tous les matins du monde*』
        을 출간하고, 직접 시나리오로 각색하여 알랭 코
        르노 감독과 함께 영화로 만든다. 소설과 영화 모
        두 대성공을 거둔다.

1992   고음악 연주가 조르디 사발과 더불어 '콩세르 데
        나시옹*Concert des Nations*'을 주재한다. 미테랑 전
        대통령과 함께 '베르사유 바로크 페스티벌'을 창
        설하지만 1년밖에 지속하지 못한다.

1994   집필에만 열중하기 위해 모든 공직에서 사임하고
        세상의 여백으로 물러나 은둔자가 된다.

1996   갑작스러운 출혈로 응급실에 실려갔다가 죽음의

문턱에서 가까스로 귀환한다. 이 경험을 전환점으로 그의 글쓰기가 크게 변화한다. 건강이 회복되자 일본과 중국을 여행한다. 특히 장자의 고향인 허난성 방문의 기억과 도가 사상의 영향이 집필 중이던 『은밀한 생 *Vie secrète*』에 반영된다.

1998 새로운 글쓰기의 첫 결과물인 『은밀한 생』이 출간되고, '문인협회 춘계 대상'을 받는다.

2000 『로마의 테라스 *Terrasse à Rome*』가 출간되고, 이 소설로 '아카데미 프랑세즈 소설 대상'과 '모나코 피에르 국왕상'을 동시에 받는다. 이후 1년 6개월간 심한 쇠약 증세에 시달리면서, 연작으로 기획된 '마지막 왕국 Dernier royaume' 시리즈의 집필에 들어간다.

2001 부친이 별세한다. 아버지에게서 물려받은 성(사회에 편입된 존재의 표지)으로 인한 부담과 아버지의 기대 어린 시선에서 풀려나 자신이 자유로워졌다고 느낀다.

2002 '마지막 왕국 시리즈'의 제1, 2, 3권에 해당하는 『떠도는 그림자들 *Les ombres errantes*』『옛날에 대하여 *Sur le jadis*』『심연들 *Abîmes*』을 동시에 출간하고 '공쿠르상'을 받는다.

2004	7월 10~17일까지 프랑스 노르망디에 위치한 스 리지라살의 국제 문화 센터에서 키냐르에 관한 첫번째 국제학술회의가 개최된다.
2006	『빌라 아말리아*Villa Amalia*』로 '장 지오노 상'을 받 는다.
2008	『빌라 아말리아』가 브누아 자코의 연출로 영화로 만들어져 개봉한다.
2013	4월 29~30일 이틀간 키냐르의 고향인 르아브르Le Havre에서 '파스칼 키냐르의 장소들'을 주제로 학 술대회가 열린다.
2014	7월 9~16일, 2004년 이후 10년 만에 스리지라살 국제 문화 센터에서 키냐르에 관한 두번째 국제 학술회의가 열린다.
2017	『눈물들*Les Larmes*』로 '앙드레 지드 상'을 받는다. 『하룻낮의 행복』을 출간한다.
2018	『우리가 사랑했던 정원에서*Dans ce jardin qu'on aimait*』 로 도빌시 '책과 음악상'을 받는다.
2023	모든 작품을 대상으로 포르멘토르상을 수상한다.

Petits traités, tomes I à VIII(Adrien Maeght, 1990).

Dernier royaume, tomes I à XI :

Les ombres errantes, Dernier royaume I(Grasset, 2002)

『떠도는 그림자들』, 송의경 옮김(문학과지성사, 2003).

Sur le jadis, Dernier royaume II(Grasset, 2002)

『옛날에 대하여』, 송의경 옮김(문학과지성사, 2010).

Abîmes, Dernier royaume III(Grasset, 2002)

『심연들』, 류재화 옮김(문학과지성사, 2010).

Les paradisiaques, Dernier royaume IV(Grasset, 2005).

Sordidissimes, Dernier royaume V(Grasset, 2005).

La barque silencieuse, Dernier royaume VI(Seuil, 2009).

Les désarçonnés, Dernier royaume VII(Grasset, 2012).

Vie secrète, Dernier royaume VIII(Gallimard, 1998)

『은밀한 생』, 송의경 옮김(문학과지성사, 2001).

Mourir de penser, Dernier royaume IX(Grasset, 2014).

L'enfant d'Ingolstadt, Dernier royaume X(Grasset, 2018).

L'Homme aux trois lettres, Dernier Royaume XI(Grasset, 2020).

L'être du balbutiement(Mercure de France, 1969).

Alexandra de Lycophron(Mercure de France, 1971).

La parole de la Délie(Mercure de France, 1974).

Michel Deguy(Seghers, 1975).

Écho, suivi d'Épistole d'Alexandroy(Le Collet de Buffle, 1975).

Sang(Orange Export Ldt., 1976).

Le lecteur(Gallimard, 1976).

Hiems(Orange Export Ldt., 1977).

Sarx(Maeght, 1977).

Les mots de la terre, de la peur, et du sol(Clivages, 1978).

Inter Aerias Fagos(Orange Export Ldt., 1979).

Sur le défaut de terre(Clivages, 1979).

Carus(Gallimard, 1979).

Le secret du domaine(Éd. de l'Amitié, 1980).

Les tablettes de buis d'Apronenia Avitia(Gallimard, 1984).

Le vœu de silence(Fata Morgana, 1985).

Une gêne technique à l'égard des fragments(Fata Morgana, 1986).

Ethelrude et Wolframm(Claude Blaizot, 1986).

Le salon du Wurtemberg(Gallimard, 1986).

La leçon de musique(Hachette, 1987).

Les escaliers de Chambord(Gallimard, 1989).

Albucius(P. O. L, 1990).

Kong Souen-long, sur le doigt qui montre cela(Michel Chandeigne, 1990).

La raison(Le Promeneur, 1990).

Georges de la tour(Éd. Flohic, 1991).

Tous les matins du monde(Gallimard, 1991)

　　　『세상의 모든 아침』, 류재화 옮김(문학과지성사, 2013).

La frontière(Éd. Chandeigne, 1992).

Le nom sur le bout de la langue(P. O. L, 1993)

　　　『혀끝에서 맴도는 이름』, 송의경 옮김(문학과지성사, 2005).

L'occupation américaine(Seuil, 1994).

Les septante(Patrice Trigano, 1994).

L'amour conjugal(Patrice Trigano, 1994).

Le sexe et l'effroi(Gallimard, 1994)

『섹스와 공포』, 송의경 옮김(문학과지성사, 2007).

La nuit et le silence(Éd. Flohic, 1995).

Rhétorique spéculative(Calmann-Lévy, 1995).

『파스칼 키냐르의 수사학』, 백선희 옮김(을유문화사, 2023)

La haine de la musique(Calmann-Lévy, 1996)

『음악 혐오』, 김유진 옮김(프란츠, 2017).

Terrasse à Rome(Gallimard, 2000)

『로마의 테라스』, 송의경 옮김(문학과지성사, 2002).

Pascal Quignard, le solitaire, avec Chantal Lapeyre Desmaison(Flohic, 2001).

Tondo, avec Pierre Skira(Flammarion, 2002).

Inter Aerias Fagos, avec Valerio Adami(Galilée, 2005).

Écrits de l'éphémère(Galilée, 2005).

Pour trouver les enfers(Galilée, 2005).

Villa Amalia(Gallimard, 2006)

『빌라 아말리아』, 송의경 옮김(문학과지성사, 2012).

L'enfant au visage couleur de la mort(Galilée, 2006).

Triomphe du temps(Galilée, 2006).

Requiem, avec Leonardo Cremonini(Galilée, 2006).

Le petit Cupidon(Galilée, 2006).

Ethelrude et Wolframm(Galilée, 2006).

Quartier de la transportation, avec Jean-Paul Marcheschi(Éd. du
      Rouergue, 2006).

Cécile Reims grave Hans Bellmer(Cercle d'art, 2006).

La nuit sexuelle(Flammarion, 2007).

Boutès(Galilée, 2008)
      『부테스』, 송의경 옮김(문학과지성사, 2017).

Lycophron et Zétès(Gallimard, 2010).

Medea(Éditions Ritournelles, 2011).

Les solidarité mystérieuses(Gallimard, 2011)
      『신비한 결속』, 송의경 옮김(문학과지성사, 2015).

Sur le désir de se jeter à l'eau, avec Irène Fenoglio(Presses
      Sorbonne Nouvelle, collection Archives, 2011).

L'origine de la danse(Galilée, 2013).

Leçons de solfège et de piano(Arléa, 2013).

La suite des chats et des ânes, avec Mireille Calle-Gruber(Presses
      Sorbonne nouvelle, collection Archives, 2013).

Sur l'image qui manque à nos jours(Arléa, 2014).

Critique du jugement(Galilée, 2015).

Princesse vieille reine, Cinq contes(Galilée, 2015).

Le Chant du Marais(Chandeigne, 2016).

Les Larmes(Grasset, 2016)

『눈물들』, 송의경 옮김(문학과지성사, 2019).

Dans ce jardin qu'on aimait(Grasset, 2017)

『우리가 사랑했던 정원에서』, 송의경 옮김(프란츠, 2019).

Une journée de bonheur(Arléa-Poche, 2017).

『하룻낮의 행복』, 송의경 옮김(문학과지성사, 2021).

Performances de ténèbres(Galilée, 2017).

Bubbelee(Galilée, 2018)

Angoisse et beauté, par Pascal Quignard et Vestiges de l'amour, images de François de Coninck(Seuil, 2018).

La vie n'est pas une biographie(Galilée, 2019).

L'œuvre censurée de Marie morel(Éd. Regard, 2019).

La réponse à Lord Chandos(Galilée, 2020).

Sur le geste de l'abandon, avec Mireille Calle-Gruber (Éd. Hermann, 2020).